別冊 図書館戦争 I

図書館戦争シリーズ⑤

堂上教官、あたしのこといつから好きでしたか?

少なくともこっちはお前より早かったことは確実だ。

さらりと言われて逆算も吹っ飛んだ。

戻るぞと手を差し出され、自分で立てない訳ではなかったが、それが小さな公私混同だったことは分かったので、郁はその手に甘えた。

LIBRARY WAR extra issue part1

CAST

笠原 郁（かさはらいく）　図書特殊部隊・堂上班班員／図書士長
『王子様』と慕っていた図書隊員が堂上と知り、「当麻事件」の時に告白、付き合うことに。

堂上 篤（どうじょうあつし）　図書特殊部隊・堂上班班長／二等図書正
熱く激しい心の持ち主。郁の性格がかつての自分に似ているので心配する。

小牧幹久（こまきみきひさ）　図書特殊部隊・堂上班副班長／二等図書正
冷静沈着で、決して弱みを見せない。しかし毬江のことになると性格が一変する。

手塚 光（てづかひかる）　図書特殊部隊・堂上班班員／図書士長
兄・慧に裏切られ、心を閉ざす。目障りだった郁に対し、いつしか同志の気持ちを持つ。

柴崎麻子（しばさきあさこ）　図書館員／図書士長　実験中の情報部候補生
真の自分を隠し、八方美人に徹する情報通。しかし、郁の前ではうっかり本心も……。

玄田竜助（げんだりゅうすけ）　図書特殊部隊隊長／一等図書監
無茶を無茶と思わない性格。郁の戦闘能力を高く買っている。稲嶺の良き補佐役だった。

稲嶺和市（いなみねかずいち）　関東図書基地顧問／元・特等図書監
武装組織『図書隊』を創設。「茨城県展」抗争後、関東図書基地司令を勇退した。

手塚 慧（てづかさとし）　図書館員／一等図書正　研究会「未来企画」会長
手塚光の兄。図書隊を解散させるべく暗躍していたが、「当麻事件」以後方針を変える。

折口マキ（おりくちまき）　『週刊新世相』記者
玄田の良き同志。還暦にまだ独身だったら、玄田と一緒になる約束をしている。

中澤毬江（なかざわまりえ）　大学一年生／二十一歳
中三の夏に突発性難聴にかかり中途難聴者になる。昔から憧れだった小牧とは今は恋人。

etc.

別冊 図書館戦争 I

図書館戦争シリーズ⑤

有川 浩

角川文庫
16921

目次

口絵イラスト／徒花スクモ
口絵デザイン／カマベヨシヒコ

図書館の自由に関する宣言

一、図書館は資料収集の自由を有する。

二、図書館は資料提供の自由を有する。

三、図書館は利用者の秘密を守る。

四、図書館はすべての不当な検閲に反対する。

図書館の自由が侵される時、我々は団結して、あくまで自由を守る。

一、「明日はときどき血の雨が降るでしょう」

＊

基地の近くの指定病院に転院してきた堂上《どうじょう》を、小牧《こまき》以下の堂上班と柴崎《しばさき》で見舞いに行こうということになったのは、その日の課業後である。指定病院の見舞い時間が比較的夜間まで許可されているので持ち上がった話だった。

「あれ、笠原《かさはら》さんは？」

玄関で落ち合ってから小牧が柴崎に尋ねると、柴崎は軽く肩をすくめた。

「あたしが仕事終わって部屋に戻ったらまだいなくて。心当たり探したけど、見つかりませんでした。昨日お見舞い行ってたから今日も行ってるってことーないと思うんですけど……」

「ふぅん、何か用事でもあったのかな？　まあいいや、そんじゃ三人で行こうか」

そして小牧が歩き出し、手塚《てづか》はその横に並んだ。と、「とうっ」と奇声を上げて柴崎が間に割り込んできた。虚を衝かれて声を上げたのは手塚だ。

「うわっ、何だよ急に！」

「この編成でコンパスの長い二人が並んで先を歩くなんて、あらゆる意味で二人とも失格！　これだけの美女が同行するのに、もう少し気遣いがあって然《しか》るべきじゃありません？」

美女とか自分で言うからなー、こいつ。と手塚が呆《あき》れていると、小牧が柴崎に異を唱えた。

「どっちかっていうとそれ、手塚に言ってほしいなぁ。先に歩き出したの俺だし、まさか部下が女性をほったらかして並びにくるなんて無粋な真似するとは思わないよ」

「ぶっ……無粋⁉　無粋なんですか、俺⁉」

ジト目の柴崎と笑顔の小牧に無言で頷《うなず》かれ、手塚はがくりとうなだれた。

「それでは姫、どうぞお先に」

小牧に片手で促され、柴崎は手塚のエスコートで歩き出したが、エスコートする手塚の姿勢は多少傾《かし》いだ。

「なーにへこんでんのよぅ」

柴崎に肘《ひじ》でつつかれ、手塚は逃げ場を探すように目を泳がせた。

「女のことで無粋とか言われたこと今まで一度もなかった……」

柴崎の高い笑い声と小牧の爆笑が重なった。

「今、手塚の恋愛遍歴が見えたね！」

「見えましたねー！」

「な、何が……！」

うろたえた手塚を柴崎が完全にからかう表情で見上げる。

「あんた、今まで自分から好きになって女の子と付き合ったことないでしょー」

「えっ……」

「図星だね」

ククッと小牧が喉《のど》を鳴らす。

「女の子たち、あんたに『付き合ってもらってる』から歩調合わせてくれたり気遣ったりしてくれなくても膨れずに一生懸命ついていってたのよー。あーカワイソー」

「そんで最後は必ず女の子に『ごめん、もうついていけない』って言われて終わったね」

小牧の補足に手塚は目を剝《む》いた。

「何故それを⁉」

やっぱりー、とまた二人が声を合わせて笑う。手塚だけ種が分からず困惑しきりである。

「あのね、好きな女と付き合ったことがある男は、女に歩調を合わせることくらい学習してるもんなの。自分一人でさっさと歩いていかないこともね。一回でも両思いで付き合ったことのある女は、一切自分を振り向かずに歩いていくこの男は自分をまったく好きじゃないってことを思い知って、疲れ果てて別れを切り出す寸法なのよ」

手塚は改めて柴崎を見下ろした。

自分の肩にも届かない頭、華奢《きゃしゃ》な肩、小柄な体。

――覚えた。

もうしくじらない、などということは宣言する間柄でもないので言わなかった。

その後、柴崎を小走りにさせることもなく病院へたどり着き、三人は堂上の病室へ向かった。

ここは小牧が先頭でノックするところである。――が、小牧はドアの手前で足を止めた。

「どうかしましたか？」

手塚の問いかけに「シッ」と鋭く言葉を封じさせる。そして小牧はそっとドアを細く開けた。

「……このまま帰ろうか、笠原さん来てるよ」

「えーっ⁉　昨日も来たはずなのにいそいそとまあ」

まとまった途端ラブラブなこと、と柴崎が小声で揶揄《やゆ》するが持ち前の好奇心は健在らしい。

「何してます？」

「笠原さんがリンゴ剝いてるみたいだね、見舞いの果物籠《くだものかご》の」

「何ですって⁉」

柴崎の愕然《がくぜん》とした声に、男二人は首を傾げた。質問は小牧から発せられる。

「何かまずいの？」

「奴に丸ごとのリンゴを剝けるような技能があるはずありません！」

「えっ、そうなの？」

「そうですよ、リンゴとか梨とか剝くのいつもあたしの仕事なんだから。奴に切れるのは羊羹《ようかん》くらいのもんです。彼氏にいいとこ見せたいのは分かるけど、飛躍しすぎだわ。せめてみかんから進化しろ！」

そんなレベルか、と小牧も唸《うな》る。

「……でも邪魔するのも悪いよねえ」

「敢《あ》えて今は突入するのが笠原のためだと思いますけどねー」

「でも驚いて却《かえ》って手でも滑らせたら危なくないか？」

ドアの外で車座になって相談を交わしはじめた三人を、通りがかった女性看護師が怪訝《けげん》な顔で見た。

小牧と柴崎は愛想笑いでそれをさらりとやり過ごしたが、手塚は二人ほど図々《ずうずう》しくは笑えず、柴崎に「まだまだね」と鼻で笑われることになった。

*

「おいっ……おいっ！」

緊迫感溢《あふ》れた堂上の声に、郁《いく》は返事をする余裕もない。

視線は目の前十cm先の赤い球体に固定されている。

「無理ならよせ、俺がやるから！」

「声かけないでくださいっ、あたしだってこれくらい……」

「せめて割ってから皮を剝け、そっちのほうが簡単だ！」

簡単だ、と言われて乗っかったら女がすたる。郁はますます意地になった。

柴崎がリンゴや梨をくるくる剝くところは何度も見たことがある。

「イメージはできてるんです、イメージは！」

「その強《こわ》ばった肩と腕は絶対イメージできてない！　そもそもリンゴを目の前に構えるな！」

堂上はもう恐いものを見るように目を眇《すが》めている。

「大体お前は俺を何十分心臓に悪い状態に置いとけば気が済むんだ⁉　十五分も俺はこの状態を耐えてお前三分の一も進んでないだろうが！　もういいかげん諦《あきら》めろ！」

「分かりました、急ぎます！」

「バカ、やめろ！」

堂上の制止は一歩遅かった。

赤い皮の上で急《せ》いた果物ナイフがつるりと滑る。

「たっ……！」

リンゴを押さえて――というかわし摑《づか》みにしていた左手親指を、ナイフの刃が走り抜けた。

斜めに走った線から一拍遅れてじわりと赤い色が滲《にじ》む。

「アホか貴様は！」

堂上が問答無用でリンゴと果物ナイフを取り上げ、郁の手首を摑んだ。

――え、
硬直したのは痛みのせいではない。堂上が迷わず切り傷を口に含んだからだ。

傷口を強く吸われたが痛みを感じるどころではない。一瞬で体中が熱くなった。

しばらくしてから堂上が含んだ指を離した。

「止まった……か？」

傷口を検分してから、顔中真っ赤になった郁の頭を叱る強さで小突く。

「だからよせって言ったんだ、バカ。オチまで素通しだ」

言いつつ堂上の顔も少し赤くなっている。

「ナースセンターで消毒と絆創膏《ばんそうこう》してもらってこい」

はい、と答える声もかすれる。と、堂上の表情が凍りついた。郁が首を傾げた瞬間その謎は解けた。

「はァい、消毒液と絆創膏一丁お持ちしましたー」

「キャ————ッ!?」

振り向いたドアには柴崎ほか小牧と手塚が勢揃いだ。

「いっ、いっ、今のっ……」

「いい見せ物だったわね。はいその分不相応な真似をしようとした愚かな手を出しなさーい」

部屋にずかずか入ってきた柴崎が郁の左手を取った。

「ギャ————ッ!?」

今度の悲鳴は遠慮会釈なく傷口に消毒液をぶっかけられた痛みのためだ。

「いっ、いたっ、切ったときより痛いっ！」

「傷口吸われるより？」

「……!!」

悲鳴はもはや声にもならない。柴崎が手際よく郁の傷口に絆創膏を巻いて、

「そんなに深くもないし数日不自由だろうけどすぐ治るでしょ。見栄《みえ》張ってできもしないことしようとした罰と思って痛がってなさい」

とどめに絆創膏のうえを軽くはたく。ぎゃっと郁はまた悲鳴を上げた。

怒ったような顔で赤くなっている堂上に話しかけているのは小牧だ。

「俺は笠原さんが来てるから帰ろうかって言ったんだけどね？　柴崎さんが救急道具を借りてきて待機しとくべきだって主張するから……」

「要らん気遣いすんな！　来た時点でフツーに入ってこいフツーに！　こいつが怪我するまで待っとく必要がどこにあるんだ、お前らが入ってきてたらこいつがリンゴの皮剝きなんて危険極まりない真似を中断させるいいタイミングになってたのに！」

危険極まりないってそこまで言うー⁉　と郁はむくれたが、実際にやらかしてしまったので文句は言えない。

「だけど、無事に剝き終わる可能性がゼロとは断言できないし。俺たちの訪問で却って驚いて手を滑らせてもいけないしね。それに後ろ姿だけで一生懸命オシャレしてきたのが分かる笠原さん見て中々入っていけないよ。課業終わったタイミングからして寮に飛んで帰って着替えたんだろうし、その健気《けなげ》さを思うとさ。堂上もその辺はもうちょっと気づいてあげなくちゃ」

「気がついてるから余計なお世話だ！」

堂上はそのまま横を向いてしまったが、小牧と柴崎はおおっとアイコンタクトをしている。

教官、今すごい勢いで口滑らせてましたけど――と郁からはもう言うに言えない。

身の置きどころがない様子の手塚が、堂上の布団の上に載っていた果物ナイフと剝きかけのリンゴを取り上げた。

「あの、俺、ナイフ洗ってきますね。リンゴも捨ててきます」

ああ、三分の一までのガタガタだけどやっとそこまで剥いたのにな。そう思って名残惜しく郁がリンゴを見つめると、

「リンゴも洗って持ってこい。俺が食う」

堂上がそっぽを向いたままそう言った。

郁はちらりと堂上の顔を窺《うかが》った。やはりそっぽを向いているが、

――食べてくれるんだ……

「ヤダもうっ……！」

愛されてるわね、といたずらっぽく柴崎に囁《ささや》かれて頭が沸騰した。

「キャッ！」

柴崎の悲鳴でしまったと思ったが遅い。思い切り柴崎を横に突き飛ばしてしまっていた。

「バカ！」

怒鳴ったのは手塚である。果物ナイフとリンゴを取るためにベッド際に近づいていた手塚が、椅子ごと真横に倒れそうになった柴崎を片手で抱え込むように支えていた。

「自分のスペック考えろ、こんな華奢な女思い切り突いてどうすんだ！」

まるで堂上のように叱りつけて、手塚は柴崎の姿勢を片手で椅子ごと立て直した。さすがの柴崎も突発事態に呆気《あっけ》に取られて為《な》されるがままだ。

「ご、ごめん」

どちらに謝っていいか分からず、中途半端に二人の間の空間に向かって謝る。

まったく、とぶつぶつ言いながら手塚がドアに向かう。その手塚に柴崎が声をかけた。

「手塚ぁ」

足の止まった手塚に、

「今ので行きがけの失点は帳消し」

「ああ、そりゃどうも！」

手塚はふて腐れたような返事を投げて病室を出ていった。

ごめんね、と郁から改めて柴崎に謝ると、柴崎は「いいわよ別に、怪我したわけじゃなし」と鷹揚《おうよう》に手を振った。

「ところで帳消しって何？」

「ん、まあ別にー」

余計気になったが、柴崎を突き飛ばしてしまうところだった郁にはこの場合食い下がる権利がない。

ククッと喉で笑ったのは小牧だ。その左手の薬指にはやや幅広の指環《ゆびわ》が嵌《はま》っている。

「何だか色んなところが堂上に似てくるね、手塚は」

からかう色を帯びたその台詞《せりふ》は、どうやら柴崎に向けられたものらしいが、柴崎は澄ました笑顔で返した。

「この大娘に次ぐ堂上教官大好きっ子ですからねー。似てきて当然じゃないですか？」

何かよく分かんないけど大好きっ子とかあたしも混ぜて言うな本人の前で。とは思うものの、さすがに文句を言える局面ではない。

「プライベートなことは参考にされても知らんぞ、俺は。何の話か知らんが」

自分の名前が出てきたことで怪訝《けげん》に思ったのか、堂上が顔をしかめる。

「俺もその点については、堂上に似るのは回りくどいだけだからお勧めしないんだけどねえ」

「……何か知らんが誉めてないな、少なくとも」

堂上が不機嫌に腕を組む。

「まあいい、せっかく器用な奴らで来たんだからナイフで皮剝くもん剝いてくれ。またこいつが剝いてくれるようなことがあったら心臓が保《も》たん。これだけ人数いたら一気に片付くだろ」

「はいはい」

頷いた小牧が柴崎を窺う。

「どっちがやろうか？」

「ここは上官にお任せしまーす」

ちゃっかり押しつけた柴崎に、小牧が苦笑しながら果物籠を漁《あさ》りはじめた。リンゴや梨など、皮を剝く果物を抜き出す。リンゴと大ぶりの梨が一つずつ。手塚が洗ってくるリンゴも含めて三つだ。「桃は手で皮が剝けるし……笠原さん、グレープフルーツ割るくらいできるよね？」

痛い確認に郁は肩身を縮めながら「できます」と答えた。

「ほかに危険物はなし、と……何かさー、明らかに一番高価なものが入ってたであろう空間が早くも空いてるのはどうして？」

　果物籠に付きもののメロンのことを言っているのだろう。堂上が仏頂面で答えた。

「それを持ってきたのが玄田《げんだ》隊長だからだ」

　察した小牧が入院道具のウェットティッシュで手を拭《ふ》きながら吹き出した。

「持ってくるなりメロンだけ切って、俺に一切れくれて後は全部自分で食って帰った」

　郁は既に聞いている話だ、「信じらんなーい！」とお腹を抱えて笑う柴崎に合わせて笑っておく。

　そのタイミングで手塚が戻ってきて、小牧が窓際にもたれたまま器用に果物を剝きはじめた。果物剝いてるだけでこんだけ様になる男なんか大嫌いー。ややいじけつつその様子を窺っていると、堂上が小牧に声をかけた。

「笠原の剝きかけ寄越せ」

「剝かなくていいの？」

「洗ってきたんなら別にいいだろ、齧《かじ》れば」

「あ、あたしも責任取りますっ！　割ってください！」

　挙手すると、堂上は無惨な剝きかけのリンゴにかぶりついた。

「別に責任問題で食ってるわけじゃない。食いたくて食ってんだからほっとけ」

　かぁっと頰が熱くなった。「愛されてるわね」なんて柴崎のからかいを臆面《おくめん》もなく実感してしまうのはこんなときだ。

結局堂上は郁の剝きかけのリンゴを一人で食べ、小牧が食べやすく剝いた果物は見舞い陣営で食べ尽くすことになった。

＊

「びっくりしたーぁ。しれっと彼氏の顔になってんのねー、もう」

その日の晩、柴崎にそう言われて郁の声は裏返った。

「そ、そう⁉　気のせいじゃない⁉」

「いやー、あたしたちがいてアレなら二人っきりのときどんな顔してんだか想像が疼《うず》くわね」

二人のときはもっと甘い。声も表情も仕草も。そして郁はまだそれに慣れていない。

「あんたはあんたで昨日の今日でまたちゃっかり見舞いに行ってるし。そんなに通い詰めなくたってよさそうなもんでしょーよ」

「え、だって……」

郁は思わず目を伏せた。

「堂上教官が転院したらできるだけ顔出せって言うから」

「だーっ、もうやってられん！」

柴崎が横に倒れ込んだ。

「三年！　三年お互い意識してんの丸分かりの状態で回りくどいことやってると思ってたら、

くっついた途端にこれ！　やってらんないわー！」

えっとまた郁の声は裏返った。

「丸分かりって⁉」

「少なくとも、特殊部隊で気づいてなかったのは手塚くらいのもんだわよ！　それもさすがに途中で薄々察したし！　バレバレもいいとこよあんたら、この恥ずかしいカップルめ！　誰かお酒！　強いお酒をあたしにちょうだいー！」

「お互いってどゆこと⁉」

「知るかっ！　本人に訊《き》け！」

柴崎は完全にやさぐれモードに入り、冷蔵庫から買い置きの缶チューハイを取り出してプルタブを開けた。

「訊けないよそんなの本人になんて！」

いつからあたしのことを好きでしたかなんて。――知りたいけど！　それはすごく知りたいけど！

だが、やさぐれ柴崎の機嫌を取ることに終始してそれは結局教えてもらえなかった。

＊

「お前、毎回キレイな格好してくることないぞ」

何度目かの見舞いのときに堂上から指導が入った。

「え、でも……せっかくだから」

「こっちは顔見られたら満足なんだ、普段着でいい。そういう格好は一緒に出かけられるときまで取っとけ」

あー これ柴崎に聞かれたらまた「強いお酒をちょうだいー!」とか言われるだろうな、などと内心で考える。

「それと毎回手土産ぶら提げてこんでもいい。大変だろ、財布が」

「や、あの、別に……」

さすがに手土産を持ってくるなというのは格好がつかなさすぎる。微妙に抵抗してみるが、あっさりいなされる。

「士長の手取りなんて隊内関係者にはバレバレに決まってるだろ」

「でも手ぶらだと格好がつかないっていうか……」

「できるだけ顔見せろって要求してんのは俺だ。お前は手ぶらで来る権利がある。見舞いの品ならお前より階級が上の奴がしょっちゅう持ってくるんだ、むしろ片付けにこい」

口調は相変わらずだが言っていることは柴崎の言うとおり——甘々だ。

「そういえば堂上教官、着替えとかどうなさってるんですか？　実家から持ってきてもらったり……？」

何でだよ、と堂上は怪訝な顔をした。

「寮に入って長いのに実家に俺の日常の荷物が残ってるわけないだろう。小牧に定期的に面倒みてもらってる」

「えっ、じゃあ洗濯も小牧教官が⁉」

「申し訳ないけど今は頼んでる状態だな。まあ、この年まで寮暮らしだったら料理以外の家事全般こなせるし、小牧はまた殊にまめな奴だしな」

そういえば新宿の救急病院に入院していたときも、日用品は小牧が揃えたと言っていた。

わあ、何か。郁は思わず膝《ひざ》に目を落とした。

あたし負けてる？　そういうのって普通だったら彼女の役目の定番だったりしない？　それに小牧教官のほうがリンゴ剝くのも巧《うま》いし！　――ていうか小牧教官こそ正に世話女房な彼女の図式⁉

そのポジションあたしがほしいのに！

「何か……あたし、一応彼女なのに顔見せるだけですみません」

と、堂上が笑って郁の頭を叩《たた》いた。

「何へこんでるんだ、お前が男子寮に入って俺の荷物を持ち出すわけにはいかないだろ。もし基地外で一人暮らしだったらお前に鍵《かぎ》預けるけどな」

そんなフォロー一発で舞い上がってしまうことがまた悔しい。

何か、絶対、あたしのほうが好きだ。

気持ちの量は比べるものではないのかもしれないが、郁としては少し面白くなかった。

＊

抜糸が終わってリハビリが始まり、堂上の隊への復帰は秋真っ盛りの頃になった。

「——おかえりなさい」

更衣室の前で行き会い、郁は堂上に敬礼した。堂上の戦闘服姿は実に三ヶ月ぶりだ。入院の間に少し痩《や》せただろうか、身幅が少し余ってもたついている。

「戦列復帰おめでとうございます」

そのときばかりは甘ったるい感情の入り込む隙間はなく、長らく不在だった尊敬する上官が復帰したことが純粋に嬉《うれ》しかった。

堂上はやや虚を衝《つ》かれたように郁の顔を見直した。

「どうかしましたか」

「いや……ちょっと見くびってた、すまん」

謝罪とともにぽんと頭に手が載る。何を謝られたのか分からない。

「何がですか？」

「いや、何でもない」

どうやら答えてくれそうにないので、別の気がかりを尋ねる。

「足、どんな具合ですか？」

「昨日、帰寮して夜から一通りの訓練メニューこなしてみたけどな。やっぱり百m走のタイムが少し落ちてる。リハビリは入念にやったつもりだったんだが……」

「大丈夫ですよ、リハビリと訓練はまた違いますし。訓練を重ねていけばまたタイムも戻っていきますよ」

　これは郁も陸上経験があるので一応自信を持って励ませる。堂上の負傷は走者として致命的なものではない（生命的には一時死線を彷徨《さまよ》ったが、それは失血と肺炎によるものだ）。

　そうして二人揃って特殊部隊事務室へ向かい、ドアを開けた瞬間――


　パァン！


　軽い破裂音がいくつも重なった。反射的に堂上が腰溜《こしだ》めの姿勢になって腰に手を泳がせ、郁も姿勢を低くした。職業柄、破裂音には過敏になっている。

　だが、破裂音で部屋の中に飛び交ったのは色とりどりのテープだった。

「何だ、クラッカー……」

　ほっと胸をなで下ろした郁の隣で、堂上が目を剥いて固まった。

「復帰おめでとう、堂上二正《にせい》！」

　明らかにからかい口調の仲間たちには返事もせず、堂上は部屋の奥へダッシュした。タイムが落ちたなどと信じられないほどの瞬発力である。

その行動でようやく郁もそちらを見る。緒形《おがた》副隊長のデスクが一番奥に配置されたその上を渡すようにかけられた横断幕を見て郁も遅まきながら目を剝いた。

白い布に墨痕《ぼっこん》鮮やかに書かれた一文は、

『退院&カップル成立&王子さま卒業おめでとう、堂上くん！』


「何じゃこりゃ――――――！」

怒鳴るしかできなかった郁に比べて堂上は一気呵成《かせい》だった。

部屋の奥へ走った勢いのまま緒形の机に土足で飛び乗り、片手で横断幕を一気に引っぺがす。

「うわお前、副隊長の机に土足で」

「やかましいっ！」

堂上は緒形の机に仁王立ちになって同期も先輩も上官もまとめて怒鳴りつけた。

「悪ふざけが過ぎるあんたらのほうが悪い！　笠原が公私きちんとわきまえて復帰の挨拶《あいさつ》したってのに上のあんたらが揃いも揃って何ですかこれは！」

そしてさすがに緒形の机を飛び降り、窓際にもたれていた緒形を振り返る。その顔が赤い。

「失礼しました、机は後で拭《ふ》きますので！」

軽く手を挙げて応じた緒形も恐らく積極的には止めなかったのだろう、堂上の暴挙を咎《とが》める気はないようだ。

「小牧、手塚っ！」

次に堂上が矛先を向けたのはこの二人だ。

「何で止めなかったんだ⁉」

問い詰められて、小牧と手塚は顔を見合わせた。小牧はしれっと、手塚は困ったように。

「いやあ、だってねえ？」

小牧の返事に、——隊長室の中から野太い声の爆笑が重なった。

「あの人が仕掛けるって言い出したこと、未《いま》だかつて止められた奴がいる？」

ぐっと堂上が声を詰まらせ、郁も他人事《ひとごと》ではないながらつい笑いがこみ上げた。

郁が特殊部隊配属直後に実施された野外訓練で、堂上もクマドッキリを止められなかったのである。あまつさえ教えてくれなかったことに文句を言った郁に「じゃあお前なら隊長があれだけ毎回執心してる引っ掛け事前でネタ割れるのか⁉」逆ギレしていたものだ。

因果は巡るってこういうことかな？　とちょっと違うかもしれない感想が浮かぶ。

玄田の爆笑はまだ収まる気配を見せず、堂上は無言で隊長室に向かった。

荒いノックでドアを開け、横断幕を室内に力いっぱい投げ込む。

「色々とお気遣いありがとうございましたッ！　本日より堂上二正、復帰致しますッ！」

せめてもの抗議のように堂上が音を立ててドアを閉めると、隊長室からの笑い声はますます大きくなった。

その日の館内警備の編成が堂上と小牧、郁と手塚になったのは、朝のおふざけが無関係ではないと思う。

「……一応俺は反対しといたからな」

気まずそうな手塚の弁明に、郁は思わず吹き出した。

「いいよぉ、あたしに謝らなくて。絶対痛かったの堂上教官のほうだし」

玄田の悪ふざけを止められる人材などいないことはすでに実証済みだ。そうでなければ郁に入隊早々クマ殺しの二つ名などつくわけがない。

「でもまあ、緒形副隊長の机に土足で飛び乗るとは思わなかったな」

手塚もこらえかねたように小さく笑う。柴崎いわく『堂上大好きっ子』な手塚としては堂上の前では遠慮もあって周りの雰囲気に釣られることができなかったのだろう。

「堂上二正、ホントにお前のこと好きなんだな」

納得したように言われて、郁の頬は煮上がった。

「やっだもう何ゆってんのあんた仕事中にッ！」

力任せに手塚の背中を叩くと、不意を衝かれたのか手塚が思いきり咳《せ》き込んだ。

「あっ、ごめ……」

慌てて手を引っ込めると手塚がじろりと郁を睨《にら》んだ。

「……自分のスペック考えろって言ったよな、俺」

「う、うん……」

「まさかこの勢いで柴崎のこといつもぶっ叩いてないだろうな、お前。この前みたいに」

「それはないよー！　……たまにしか」

「たまにはやってるんじゃないか！」

「何で手塚が怒るのよぅ！」

「あいつには色々借りがあるんだよ！」

借りじゃなくて弱味なら納得いくけどな、と郁は柴崎の性格を思い起こした。

まあ、あいつなら手塚の弱味いくつか握ってるくらいのことやってそうだよねー。と今言うと手塚の機嫌が余計に悪くなりそうなので黙っておくことにした。


「――まったくどいつもこいつも！」

吐き捨てた堂上に小牧がいつものように喉で笑う。

「まあ、ちょっと羽目が外れてたけど祝福の形として受け取ってやれない？」

「お前、自分は彼女が隊外だから被害に遭わないと思ってなぁ……！」

「でもみんな祝ってるのは本当だからさ。特にお前、笠原さんの『王子様』発言にこだわって自分の気持ちに蓋《ふた》するんじゃないかって読んでた奴も大勢いたし」

「……蓋しても力任せにこじ開けにくる奴が相手だったらこうなっても仕方ないだろう」

「あれ？　仕方なくこうなったんだ？」

小牧がすかさず言葉《ことば》尻《じり》を捉《とら》えてからかいにくる。

「別に仕方なくはない！」

封じる一手は開き直りのみだ。

蓋はするつもりだった。できなかった、というのが正しい。意識していなかったと言えば嘘になる——郁が入隊してきたときから。

だが、相手の中で『王子様』にまで昇格されてしまっている昔の自分と争うなどという不毛な真似はごめんだったし、郁の視界に入るために自分の正体をばらすのもまっぴらだった。郁は失望するに決まっているからだ。

「でも笠原さんはお前から言ってても『王子様』からお前に向き直ったと思うよ。手塚慧《さとし》の件がなくてもさ」

何気なく聞き流しかけ、堂上ははっと気づいて目を剝いた。

「何でお前が知ってんだ！」

「お前が脳震盪《のうしんとう》起こしてた間、笠原さんの相談に乗ってたの俺だもん」

「あいつ、何て……」

訊きかけて口をつぐんだ。そんなことを今更訊いても仕方がない。だが小牧は律儀に答えた。

「大混乱だったけどね。でもお前に迷惑がられることばっかり心配してたよ。手塚慧の爆弾は強引だったけど、笠原さんにはむしろ自分の気持ちに気づくきっかけになったんじゃない？」

強引といえば郁のやり口も相当強引だった。

まるでやり方を知らないような力尽くに重ねた唇が先だった。

帰ってきたら好きだと言います。

俺はお前の『王子様』じゃないのにいいのか、と訊くタイミングでもなかったし訊ける体力も残っていなかった。

「『王子様』は刷り込みみたいなもんでさ、気持ちはとっくにお前に向いてたよ。笠原さん的にはむしろお前がどうだったのか知りたいところじゃない？　どうせ言ってあげてないだろ」

言ってあげてないだろ。

その小牧の発言でもう一つ重大なことに気がついた。

「……おい、小牧」

「何？」

「俺は笠原とのことはお前にしか言ってなかったはずだぞ。何で隊の奴らが知ってんだ」

「どうせ早晩ばれたって。だから先に告知しといてあげたよ。それに、柴崎さんに話が回った時点で歯止めなんて利くわけないし？」

「お前なぁ！」

盗《ぬす》っ人《と》猛々《たけだけ》しいにも程がある発言に、堂上は小牧の襟を締め上げた。

＊

しゃがんで配架をしていた柴崎の肩を、遠慮がちに叩く指があった。

柴崎がしゃがんだまま振り向くと、屈《かが》んで柴崎を見下ろしていたのは小牧のお姫さまであるところの毬江《まりえ》である。

中途失聴のハンデを各就学段階でクリアし、現在は二十一歳で大学一年生。高校を卒業して制服を脱ぐと、待ちかまえていたようにきれいになった。高校生という身分と制服は記号的に毬江の容姿を幼く見せていたらしい。

もう小牧と並んでいても似合いのカップルにしか見えない。

「どうしたの?」

柴崎が口の動きをややはっきりと心がけて尋ねると、毬江は曇った表情で右手を差し出した。差し出された手の上には折られた花柄のハンカチが載っており、毬江はそれを開いた。

ハンカチの中に入っていたのは——

蔵書に必ず貼り付けてあるバーコードシールである。しかも、その部分だけが切り抜かれ、握《にぎ》り潰《つぶ》されている。

毬江の表情も曇っていたが、柴崎の表情も険しくなった。

そこから先の事情説明には毬江の携帯が差し出された。文章が先に用意してある。喋《しゃべ》ることにハンデはないものの聴覚障害のため自分の声量の調節に不安を持っている毬江は、静粛さを要求される公共の場で口を開くことは滅多にない。

『さっき　ゴミ箱にゴミを捨てようとしたら　ゴミ箱の中に捨てられてました

ほかのゴミの陰になって少し見にくかったんだけど
もしかしてと思って拾ったら　やっぱりこれで』

図書館のゴミ箱は不審物が捨てられないよう蓋のないタイプになっている。既に隠れかけていたシールの色彩に毬江が気づけたのは、中学時代から図書館に通い詰めた実績だろう。シールは図書を保護する保護フィルムごと切り抜かれている。握り潰されている辺りが故意的だ。

『もしかしたら指紋とかつけちゃいけないかなと思って　ハンカチで拾いました』

更に文章を見せられ、柴崎は立ち上がった。

「ありがとう。このハンカチごとしばらく借りてもいいかしら？　それと調書作成に協力してもらえる時間はある？」

毬江はこくりと頷いた。時間は午後三時過ぎだ。毬江も大学の帰りに寄ったのだろう。

「個室用意するけど、小牧教官いたほうが喋りやすい？」

そう訊くと、毬江は少し頬を染めながら頷いた。

小牧の携帯を鳴らすと、事情の説明もろくにしないうちから「すぐ行く」と返事があった。

「一応申し上げますが、毬江ちゃんが被害者って訳じゃないですよ。単に不審物の第一発見者ってだけです。鬼のような顔ですっ飛んでくる必要はありませんから」

柴崎が釘《くぎ》を刺すと、小牧は苦笑したような声で「分かってるよ」と返事をした。

堂上班は午後から訓練だったようで、五分も待つと戦闘服姿の小牧が柴崎の指定した業務部の個室に到着した。

「お待たせ、よりにもよってこんな格好だけどごめん。部屋汚しちゃうな」

外訓練だったのだろう、小牧の制服は芝や土埃《つちぼこり》にまみれている。

「構いませんよ、お呼び立てしたのはこちらですから。毬江ちゃんの事情も周知ですしご協力いただくぶん掃除くらいは業務部でしますからお気遣いなく」

柴崎は毬江の前で小牧と喋るとき、いつもより事務的な口調を心がけている。気心が知れた相手でも恋愛が絡むと変にこじれた経験が昔から枚挙に暇《いとま》がないからだ。

自分に悪気がなくても自分の容姿が恋する女を不安にさせることを柴崎は知っている。毬江のように今となっては柴崎など気にかける必要もないほど可憐《かれん》な女性に成長していても、柴崎は同性を警戒させる対象なのだ。

その辺りの機微を分かっているのだろう、小牧も柴崎が事務的になるタイミングに不審な顔をしたことはない。

基本的に小牧に事情を聞き出してもらう形にして柴崎は内容を筆記することに務めた。館内異常報告書である。

毬江がゴミ箱でシールを見つけたのは午後三時前後、まだシールの上に他のゴミが重なって完全に隠れていない状態だから見つけられたわけで、だとすれば捨てられてから程なく毬江は問題のシールを見つけたことになる。

そのとき、周囲には不審な人物は特に見当たらなかったという。握り潰されていても読めた図書番号から検索すると、モノは国文学系でかなり高価な研究書籍だった。

「それにしても毬江ちゃんがバーコードシールの意味を完全に分かってて助かったわー」

調書を取り終わってお茶のお代わりを出しながら柴崎は毬江に笑いかけた。

「私も図書館は長いですから」

毬江もそう答えて笑った。

バーコードシールの裏面には特殊な磁気塗料が塗布してあり、貸出しのバーコードチェックを通さず館外に持ち出そうとすると、全ての出入り口に設置してある持ち出しチェック装置がチェックを受けていない磁気塗料に反応して警告音が流れる仕組みだ。

「図書館の持ち出しチェック機能を知ってなきゃこの措置は考えつかない」

小牧が言いつつ毬江のハンカチの端に触れた。

「図書館に詳しい人間の計画的な窃盗と見て間違いないね。問題は目的だな」

「貧乏学者の資料ほしさの犯行か、単なる金目当てか……難しいところですね、問題の図書は本の素性を問わない古書店ではそれなりの価格で売買されるものです」

「書庫には入れてないの?」

「これもまた難しいところで、別に絶版本や稀覯本《きこう》ではないんですよ。正規のルートで買おうと思えば普通に買えるんです。さっき『それなりの価格で』と申し上げましたけど、要するに研究本で高価なために、素性を問わず定価より少しでも安く手に入れたいという需要と供給が成り立っている本なんです」

小牧の眉間《みけん》に険のあるシワが立った。小牧にしてはかなり珍しい表情で、毬江も少し驚いた顔で小牧を見つめている。だが、本に敬意を払える人間なら、そんな需要と供給の成り立ちを看過できるはずがないことも当然の話だった。

毬江が心配そうに小牧を窺う。「ん、大丈夫」そう答えた小牧はまだ少し無理をしているが、この程度で動揺する男ではない。柴崎は話を続けた。

「しかもこの本は図録や装画を調べるには代表的な本で、これを書庫に入れてしまうと初心者がこの分野を調べようとしたとき目につかないことになってしまいます。それは図書館の存在意義的にどうかと。初心者は知らない分野を調べるとき、やみくもにその分野の棚を探すことが多いですからね」

「それももっともな話だね。利用者にレファレンス・サービスの何たるかを知って利用しろ、というのは図書館の傲慢《ごうまん》でしかない。利用者にレファレンスを知ってもらう努力が欠けている現状、利用者がそうした本の探し方をするのもやむを得ない。だとすれば、絶版本でも稀覯本でもない図書を開架に置くのは利用者の利便のための正しい判断だ」

やはり小牧の声は平静に戻っている。そして業務部の穴も容赦なく指摘する発言だ。

確かに業務部はレファレンス・サービスの意義を利用者に向けて広報する努力を欠いている。かなりのヘビーユーザーですらレファレンスを使いこなせる利用者は少ない。

「多分、業務部の会議の後で特殊部隊に捜査協力の要請が出ると思います」

「そうなるだろうね。こっちでも先に情報は告知しとくよ」

言いつつ小牧が腰を上げた。最後に毬江を振り返った。

「毬江ちゃん、ありがとう。帰り道、車や何かに気をつけて」

そして小牧が部屋を出ていく。毬江は心残りのように出ていく小牧を見つめていた。

「毬江ちゃん、ここにサインだけお願い」

柴崎は毬江に書類を渡し、情報提供者の署名欄を指で示した。毬江がいかにも女の子らしい丸まっちい字で『中澤《なかざわ》毬江』とフルネームをサインする。

「情報提供ありがとう、こっちはこれでおしまい」

そして「今から追いかけたら追いつくわよ」といたずらっぽくウィンクすると、毬江は笑顔になって頷いた。

「ありがとうございます！」

閲覧室では絶対聞けない明るい声を残し、毬江は小牧の後を追うように部屋を出ていった。

「小牧さん！」

図書館では滅多に聞くことのない声に呼び止められ、小牧は驚いて振り返った。

毬江は小牧が足を止めた間に追いついて、小さく肩で息をしている。

閲覧室ではなく業務部内の通路というのは、毬江的に声を出すにはセーフの空間なのだろう。

「大丈夫ですか？　何か、傷ついてたみたいに見えたから」

さすがに恋人にはごまかしが利かなかったようだ。小牧は苦笑しながら答えた。

「傷ついたっていうよりがっかりしたって感じかな。こういう事件が起こる度にがっかりするよ、それは」

「それだけ？」

いつの間にか察しのいい女性になっちゃったなあ、と小牧はますます苦笑した。

「金目当てだったらまだいいな、と思ってさ」

その話は毬江にもしたことはない。

「うちの母が西の出身なのは知ってるよね」

毬江がこくりと頷く。

「そこそこ旧《ふる》い家筋だから、けっこう珍しいものが蔵にいろいろ残ってたんだ。で、俺が子供の頃だったかな。どこから聞きつけたのか知らないけど、お宅が所蔵しているこれこれという写本が学術的に非常に価値のあるものなので見せてほしいってある大学の教授が来てね」

田舎の人間には基本的に稀人《まれびと》を疑う機能はついていない。それも有名な大学名を出されたらなおさらだ。

「まあつまらんものですがと披露したら、当然の成り行きで譲ってくれって話になった。でもうちも代々伝わってきたものだからね。それはできないと断った。そうしたら、今度は貸してくれって話になって。写真で複本を作りたいってことでね」

毬江はそこで事情を悟った顔になった。眉《まゆ》が八の字に下がる。

「まあそれならって貸すことになったんだけど、その後、何ヶ月経っても音沙汰《おとさた》がない。半年経って、初めて祖父がその大学の教授に連絡したら、そんな本は借りてないってけんもほろろなあしらいでさ。もともと自分が持っていた本だって。何なら裁判を起こせとまで言われた。でも、こっちは何しろ田舎者でまさか有名な大学の教授がそんなことを言い出すなんて思ってなかったしね。『貸してください』『はいそれなら』って口約束で本渡しちゃってるし、蔵の中身もたまに虫干しするくらいで何があるかなんて記録も一切取ってない。裁判になっても、その本がうちの本だったって証拠が何もないんだよ」

おまけに彼らが訪ねてきた日取りさえ控えてはいなかった。

「対して向こうは、懇意の古書店と口裏合わせて領収証一枚切れば正当に買い取った本だって証拠が作れちゃう。最初から計算ずくだったんだよ。そんなわけで、見事に裁判は負けて本も持っていかれました」

「ひどい……」

「今でも家訓として残ってるね。学者と名乗る者は絶対座敷に上げるな、欲しいと思われたが最後、泥棒を家に上げたと同じで必ず持っていかれるって」

小牧は俯《うつむ》いてしまった毬江の左手を繋《つな》いだ。同じ指に揃いのデザインの指環が嵌っている。

　大学生になり、教授や准教授の講義を受けるようになった毬江には酷な話だろう。研究者の中にそんな人間がいると知ることは。

　だが、小牧にとってもそれは、触れにきた毬江をごまかすことができない家族の苦い思い出だった。

「学者がみんなそんな奴ばかりだとは思わないよ。立派な人もたくさんいる。でも、母の実家に来たような連中も確かにいるんだ。研究のためなら田舎者相手に何をしても構わないと思うような奴らがね。そんな奴が俺たちの守る図書館から『図書館にあるより自分が持ってるほうがふさわしい本だ』なんて理由で公共財産である図書を盗んだんなら、それは母の実家に来た奴らの同類だ」

　ちょっと許し難いよね。

　そう結ぶと、毬江が小牧の手を強く握った。

「お金目当てでも研究目当てでも小牧さんは許さなくていい。盗品の売買するような店で研究のための本買う奴も同類で、そんな店に盗んだ本を売り飛ばす奴も同類だから」

　目から鱗《うろこ》が落ちた。

　ああそうか。君は俺を励ますために追いかけてきたのか。

「……そっか。どっちにしても許さなくていいんだな、俺」

「そうですよ」

「ありがとう」

周囲に誰もいないことを素早く見計らって小牧は毬江の前髪を上げ、額に軽く口づけた。毬江の顔が真っ赤になる。

「じゃあ俺、訓練に戻るから。そっちも気をつけて」

無言で頷いた毬江に手を振り、小牧は基地に抜けるのに一番近い通用口へ向かった。

＊

「まー、そんなわけで明日には業務部から特殊部隊に依頼がいくからさ」

寮でのくつろぎタイム、柴崎に聞かされた話で郁は両手の指を威勢良く鳴らした。

「任せといてよ。そんな不心得者は必ず見つけて吊《つる》してやるから」

「死なない部位で吊しなさいよ、あんた」

「それはあたしだけじゃなくて隊のメンツにも言ってもらわないとなー」

それにしても、と郁はテーブルに頬杖《ほおづえ》を突いた。

「でもそっかー、小牧教官が途中で訓練抜けたのそれでだったんだ」

「事情は大体聞いたでしょ？」

「うん、終礼で小牧教官から報告あったから。毬江ちゃんが発見者っていうのは知らなかったけど」

郁が答えると、柴崎は苦笑した。

「相変わらず自分の弱味になりそうなことは巧妙に伏せて報告するわよねー、小牧教官」

「んー、でも今思い返すと呼び出しで抜けたときちょっと顔色変わってた」

「別に毬江ちゃんが被害に遭ったわけじゃないとは言ってあったんだけどね」

いいなー、と郁は頬杖を畳んでテーブルの上にくたりと伏せた。

「それでも顔色変えてすっ飛んでくんだもんなー。大事にされてるなー」

「あら何、堂上教官にさっそく不満？　ご注進ご注進」

メモを取る手振りなどする柴崎に郁はわーっと掴《つか》みかかった。昼間手塚にがっつり怒られているので、もちろん手加減してである。

「でも、堂上教官は大事にしどころが違って当然でしょ。相手があんたなんだから」

「……それはそうなんだけど」

「暴漢に襲われたとしたって堂上教官が駆けつける前にあんた自分で叩きのめすでしょ」

「それはそうなんだけど！」

郁は唇を尖《とが》らせた。

「何か、あたしのほうが絶対好きだなーって」

柴崎が思いきりお茶を吹き出した。テーブルを拭きながらジト目で郁を睨《にら》む。

「……何を根拠に」

「だってあたしは好きって言ったけど堂上教官に言われたことないんだもん」

「何かもう、いろいろ想像つきすぎて敢えて訊きたくもないいんだけどさ。じゃああんたが告白したとき、堂上教官はどうやって答えたわけよ」

「え、それは」

口籠《くちご》もった郁に柴崎の蹴《け》りが飛んできた。

「もういい分かりやすすぎて聞きたくもないわッ！」

そして柴崎が郁の両頬に手を添えて顔を寄せた。

「こうか!? それともこっちか!?」

次は郁の頤《おとがい》に手をかけて上を向かせる。

「ちょっ、待った、あんたの顔で迫られると女同士でも変なカンジになるからやめてぇ！」

「やかましい！　告白して具体的な行為で返されてそれで好きって言われてないだぁ!?　キスじゃ不満だってか、カマトトぶって実はどこまでしてほしいのかここで白状してごらーん！」

「やめてー！」

あわや接触寸前のところで柴崎が放り出すように郁から離れた。

「付き合い始めのカップルののろけ話を女の側から聞くほどバカバカしいことも他にないわよねー」

「……贅沢《ぜいたく》なのかなーあたし」

郁はしょげて呟《つぶや》いた。

もう付き合ってるんだからそんなことどうでもいいじゃない。そんなことが気になる。

「あんまりカワイイこと言ってると本気でキスの一つもしてやりたくなるからやめなさーい」

柴崎が寝転がり、その辺に放り出してあったファッション雑誌をめくりはじめた。

翌朝、図書特殊部隊《ライブラリー・タスクフォース》の朝の全体会議では、窃盗事件について詳細な情報が上がってきており、それは玄田から発表された。

「業務部の報告によると、貸出し記録がないのに開架から消えている書籍が他にも数冊あり、やはり研究書として高価なものだそうだ。すべて同じ分野のもので、この分野のレファレンスに詳しい者によると、他に被害に遭いそうな本が数冊開架で残っているとのこと。今まで首尾良く窃盗に成功していることから今後も続けて犯行に及ぶ可能性が高い。そこで、気づかれていないという敵の油断に付け込み、更にエサを撒《ま》く！」

エサ、という単語に郁は思わず首をすくめた。別件でエサにされた経験上である。

「業務部と合意のうえ、普段は書庫所蔵の高額書籍を何冊か開架に出し犯人を待ち受けることとなった！」

ああそっか、本のエサだもんね、今回はあたしのわけないよね——と安心しかけたところで、玄田が続けた。

「なお、監視は堂上班に一任とする！」

「えっ何で⁉　ローテーションじゃないんですか⁉」

思わず声を上げてしまった郁に、玄田は明快に答えた。

「主な理由としてはまずお前だ。監視に女を混ぜると油断が誘える。加えて手塚。お前らならまだ充分学生に見えるからな。国文学の書架や自習コーナーをうろちょろしてても不自然じゃない」

手塚が首を落としかけて気力で持ち直した。いいかげん二十代も半ばを過ぎて、学生で通用するなどと言われるのは男としては忸怩《じくじ》たるものがあるのだろう。

「それに堂上班は総じて線が細いからな。図書館員に偽装して一番不自然じゃない。いかつい男が毎日入れ替わり立ち替わりで応援に出てたら不自然さが出るからな」

他班は図書館の出入り口をローテーションで押さえる役回りとなった。これなら図書館でも日常の光景なので不自然ではない。

各班の朝礼に移って、堂上が郁と手塚を順に指差した。

「お前ら今すぐラフな私服に着替えてこい。開館時間と同時に監視場所に入れ」

「はい」

揃って敬礼した手塚のほうに小牧が言い添えた。

「手塚はちょっと地味な感じを心がけて。見映えするぶん女性利用者の注目を集めがちだから、目立たない文系学生風をコンセプトに」

「はあ……」

それ手塚にはすごく難易度の高いオーダーだと思うけどなぁ、と郁は首を傾げた。

日頃はケンカ仲間に近いしお互い遠慮も何もない同僚だが、手塚の見映えがいいことと女子隊員に人気があることは認めざるを得ない事実である。

手塚と二人で部屋を出ようとしたとき、堂上が声をかけた。

「い……、笠原」

あ、今名前と言い間違えそうになった。そんなポカが小さく嬉しい。郁は笑顔で振り返った。

「何ですか？」

「お前、間違ってもスカートとか穿《は》いてくるなよ」

「……そんなこと分かってます！」

言わずもがなの注意を受けて郁は膨れっ面で踵《きびす》を返した。

小さく嬉しかったのが台無しだ。


「分かってるっつのそんなことは！　いつまで経っても信用ないんだから！」

むくれて通路をのしのし歩く郁の横で、歩幅を調節する必要もなくついてくる手塚が首を傾げた。

「今のは……お前が前にミニスカートで大外刈りに入ろうとしたからだろ」

「だから！」

郁は八つ当たりのように手塚に噛《か》みついた。

「一度やった失敗は二度繰り返さないっつってんのよ！　それも今回は痴漢釣るわけじゃないんだから捕り物意識した服考えるに決まってんじゃない！」

「いや、そうじゃなくて。昔それやらかして、今は関係が変わってるからだろ」

「どういうことよ！」

「俺としてはお前の鈍さが堂上二正にむごい」

思わず足が止まった。

「……どういうことよ」

「言わずもがなのことをわざわざ言わないと安心できないくらいに大事なんだろ。分かれよ、それくらい。俺でも分かったぞ」

あたしのほうが絶対好きだ。――それってあたし僻《ひが》んでる？

「ねえ」

「何だ」

「堂上教官、あたしのこと好きだと思う？」

手塚の顔が見る間に真っ赤になった。

「バカッ！　お、俺に訊くこととかそれ！　当事者同士でやってろ、俺を巻き込むな！」

手塚がものすごい勢いで廊下を歩き出し、郁も慌ててその後を追った。

郁が選んだ服は結局ジーンズにTシャツと黒カーディガン、足元は履き慣れたスニーカーだ。生成《きなり》のショルダーには申し訳程度にノートや筆記具を放り込んである。いつ荷物を放り出して走り出さねばならないか分からないので、現金は昼食用に千円札一枚だけ剝き身で尻《しり》ポケットに突っ込んだ。

　手塚のほうはといえば、かなり苦労して地味という指令を守ってきたようだ。ボトムに無難な色のカーゴパンツを持ってきて上はアースカラーを重ねている。足元はもちろんダッシュの利くスニーカーで、荷物は入隊当時に座学で使っていたらしいファイルケースだ。使い込んだ風合いが出ている分、新品よりも不自然さがない。

　張り込むポジションは最初から決めてある。閲覧室にいくつかある自習コーナーで、国文学の書架を一番見張りやすい机だ。開館と同時に郁と手塚で閲覧室に入り、見張りやすい角度の席を差し向かいで二つ確保する。

「……勉強してる体裁ってどうやったら繕えるの」

「バカだ、お前はやっぱりバカだ」

　手塚が小声で罵《ののし》りながら席を立った。待つことしばし数冊の本を持って戻ってくる。持ってきたのは辞書が一冊と適度な厚さの国文学の新書が二冊だ。

「辞書は開く必要ない、手元に置け。新書は写せ。マシンのごとく書き写せ。手さえ動いてたらそれでいい。たまに休んで読むふりしてもいいけど寝るなよ」

「見張りにきてんのに寝るわけないでしょ、バカにしないでよっ」

「勉強してる体裁も取り繕えないバカが何を偉そうに」

「あんたいつか殺すリストに入れたからね、今入れた」

「返り討ちだ、バカ」

「バカバカ言うなっ」

と、そこへ小牧が何気なく通りがかった。

「二人とも、彼氏彼女が仲良くレポート書きにきましたって雰囲気出せとまでは言わないけど、殺伐とした空気出すのやめてくれる？　せめて友達の雰囲気出して」

はい、と二人揃って首をすくめつつ、郁は堂上の姿を目で探した。国文学から少し離れたコーナーの書架で配架をしている。

目が合い、堂上が口だけ動かしてバカと言ったのが読めた。そして堂上から目を逸《そ》らす。

——みっともないとこ見せちゃった。

挽回《ばんかい》すべく、郁もノートにシャープペンを走らせた。

*

三日間は動きがなかった。

もし犯人が狙う書籍を決めていて先日で犯行を終了したとすれば、もう図書を取り戻す機会はない。特殊部隊側も業務部側も焦りが出てきたが、そんな中で玄田だけは泰然としていた。

「ここまで連続で成功してるんだ、相手の目的が何であれ欲が出る。そういうもんだ。目的をここまでと決めてそこできっぱり手を引ける奴はプロだ、そんな奴が図書館の蔵書をセコセコ盗んでいくわけがない。図書館蔵書は保護フィルムで加工するぶん商品価値が落ちるからな」

そして玄田の予言は四日目にして当たった。

学生に扮《ふん》した見張りの最中、手塚が郁に向けてノートを自習机の上に滑らせた。

青セーター上着なし、ボトムはベージュの綿パン、斜めがけショルダー

国文学書架にて挙動不審

とっさに立ち上がりそうになるのを寸前でこらえ、静かにそちらを窺う。すると確かに手塚の書いて寄越したとおりの服装の青年が書架の隅で何やらごそごそ身動きしていた。

確定しなければ動けない。誤認で騒ぎになったらもう犯人は現れないだろう。

郁はカウンターに控えていた柴崎を小さく手招きした。無言で手塚のノートをそのまま渡す。

「OK、教官に伝えるわ」

手塚と郁は犯人が確定するまで動くなと命令されている。閲覧室で騒ぎになれば他の利用者を巻き込む恐れがあるからだ。閲覧室を出てから仲間が待機している出入り口まで私服の二人が追尾し、そこで片をつけたいところだった。

結局、確認は柴崎が行うことになった。青年は男性の館員を警戒しているようで、堂上でも小牧でも書架の近くを通りがかっただけで挙動を止めてしまうからだ。女性ならそれほど警戒しないようなので、柴崎が遠くから書架の整理をしている風情で近づいていくことになった。

もちろん青年の死角に堂上と小牧も待機している。

青年を警戒させないように、柴崎はじれったいような速度で書架を整理しながらにじり寄る

ように距離を詰めていく。

そしていよいよ青年の挙動が確認できる範囲《レンジ》に入ったのだろう、柴崎が中腰になって中段の棚で本を出し入れしはじめた。遠くから見ても図書館関係者なら分かる、それは整理ではなく単に本を出し入れしているだけだ。

柴崎のロングヘアが一度大きく頷いた。——確認完了。

柴崎はそこから青年を刺激しないように戻ってくればいいだけだった。たった一つの計算外が発生しなければ。


「お前は何をしとるんだ」


しわがれた老人の声が響いた。青年のそばを通りがかった老人である。青年は柴崎から挙動を隠そうとしてその老人に気づかなかったらしい。

「それは図書館の本じゃないのか。何でお前は図書館の本を切ってるんだ」

その糾弾は実に立派で実に正しく、しかしこの場においては間が悪すぎた。

「館員さん、この男は図書館の本を切ってるぞ！　捕まえなさい！」

凍りついた空気は無言で破られた。

青年が手持ちのカッターを振り回したことで。

物も言わずに手塚が飛び出した。

竦んで動けなくなった柴崎の腕を後ろから摑《つか》んで引っこ抜き、抱え込むように庇《かば》った。

老人を庇ったのは小牧である。そして空いた空間を――青年がダッシュで突破した。

堂上が完調なら突破などさせていない。追いすがって数cmの差で青年の服を摑み損ねた堂上が、既に腰を上げていた郁を迷わず見た。

「郁、行け！」

「はいッ！」

郁は放たれたように駆け出した。先行する青年は思ったより足があった。文系と踏んでいたがこの速度は体育会系か。

だが、閲覧室の出入り口までに自動ドアを同じ開閉でギリギリ出られる距離まで追い上げた。人の多い正面玄関は引き離すのに不利と見たのか、青年は人の少ない別の出入り口への通路を走り出した。女だから振り切れると見たのだろう。

――思う壺《つぼ》だ！

郁は一気に追い上げた。

「無駄よ、あんたよりあたしが速いッ！」

青年がぎょっとしたように振り向き、追い上げられていることが信じられない顔をした。

「観念しろ！」

青年が立ち止まって振り返った。だが、郁の勧告に応じたわけではなかった。

まだ捨てていなかったカッターをがむしゃらに振り回す。

「往生際の悪い……手荒くなっても文句言うんじゃないわよ！」

凶器を持っていても訓練を受けていなければ、接近戦において戦闘のプロと互角にならない。凶器を持っているという安心感で隙ができるだけだ。

そして図書特殊部隊《ライブラリー・タスクフォース》はあらゆる戦闘のプロである。

郁は青年の隙を衝《つ》き一気にその懐へ飛び込んだ。カッターを持った腕を掴み、そのまま一本背負い——ドォンと床が響いた。カッターが空しく床を滑っていく。

やはり体育会系だ、投げた感じ体ができている。それなら体格で負ける郁が手加減する必要はない。

咳き込みながら起き上がろうとした青年の胸に郁は飛び乗り、マウントを取った。両肩に膝《ひざ》を載せて動きを封じるつもりだったが青年の抵抗で右手は逃がした。青年は残った右手を無茶に振り回す。

「右手一本で何かできるつもり!?　いい加減にしなさい！」

そろそろ郁も我慢の限界である。

「三つ数える間にやめなさい、でないと殴る！」

そして郁は青年の腕を避《よ》けながら三つ数えた。

「勧告終了！」

郁は青年の顔面に力まかせに拳《こぶし》を叩き込んだ。反撃の余地さえ与えず数回続けると、鼻血を出した青年がようやく沈黙した。戦意は完全に喪失したらしい。

　青年の両手を揃えて手錠を掛けたところに堂上たちが追い着いてきた。

「笠原、無事か！」

「はい、無事です！　蔵書損壊犯、確保しました！」

　新隊員の頃のようなヘマは踏まない。きっちり手錠を掛けた青年の手首を堂上たちに掲げる。と、堂上と手塚がうっと顔をしかめ、小牧も軽い溜息《ためいき》で横を向いた。

「……手塚、取り敢えず犯人を防衛部へ連行しようか」

「はい……」

　あれあれ、何だこの微妙な空気は。

　郁が首を傾げている間に小牧と手塚が犯人を郁から引き取って連れ去った。残ったのは堂上で、堂上からは規定で白と決められているハンカチが差し出された。

「あれっ、あたしどっか怪我してますか？」

「返り血だっ！　さっさと拭けっ！」

「キャー!?」

　微妙な空気の原因がやっと分かった。犯人を確保した達成感のまま全開の笑顔で振り向いた同僚女子の顔に返り血が飛んでいたら、それは安心すると同時にげんなりもするだろう。

　郁は座り込んだまましょんぼりと堂上のハンカチで顔を拭《ぬぐ》った。

「……あのー、けっこう、手強《てごわ》かったんですよ。足も速かったし。だから……」

　顔に返り血飛ぶまでぶん殴りました。

違う！　これは女子として致命的に何かが違う！　そして彼女としてはもっとだ！

「もういい、ハンカチ貸せ」

堂上が郁からハンカチを取り上げて、近くの男子トイレに向かった。ややあって戻ってくるとハンカチを絞ってある。乾いたハンカチだと返り血を広げるばかりだったのだろう。

ということはあたしの顔は今一体どんなことになってんだ!?

しまったトイレに駆け込んで顔洗うんだった、とは思ったものの、堂上が戻ってきてしまうともう座り込んだまま顔が上げられなくなった。この顔を見られるのがイヤだ。

堂上も郁の前に腰を下ろす。

「すみません、買って返すのでハンカチください」

俯いたまま堂上に手を差し出すと、堂上は郁の頤に手をかけて顔を上げさせた。

「ギャーやめてー！」

「今さら騒ぐな、班全員にそのツラさらした後で！」

堂上が濡《ぬ》らしたハンカチで郁の顔をぐいぐい拭う。――そして、拭いながらその肩が小刻みに揺れはじめた。

そして臨界に達したように吹き出した。

「もうな、俺はな、見た瞬間どこのアマゾネスかと思ったぞ。顔に返り血飛ばしてあんないい顔で笑う女なんか初めて見たわ。あんなに返り血が似合う女も見たことない」

そりゃもう初めてでしょうとも。あたしだって聞いたことないわ。

「よし、終了」

頤を放されて、郁はがっくり俯いた。

「何か、あのー……あたし、いろいろ駄目ですよね」

「何がだ」

「何というか、女子としてというか、彼女としてというか……自分で自分のあり得なさに愕然《がくぜん》としたというか」

と、堂上が郁の頭を軽く叩いた。

「確かにあの返り血はインパクトが強かったけどな。お前がいなかったら取り逃がしてた。俺が完調じゃないときのフォローが完璧《かんぺき》な自慢の部下で、しかもそれが好きな女ときたら、これほど効率のいいこともないんじゃないか」

うわ。今ここでそういう台詞《せりふ》くるかな。

もういい。ここに至るきっかけが返り血だったことは忘れる。

「堂上教官、あたしのこといつから好きでしたか」

「お前はいつなんだ」

逆に返され、更に「王子様期間は省けよ」と追加されて郁は必死に逆算を始めた。

えーと、えーと、王子様期間ていつまで？　確かに王子様って騒いでた期間は長いんだけど、でも堂上教官を意識してた期間は絶対重なってるし、

「少なくともこっちはお前より早かったことは確実だ」

さらりと言われて逆算も吹っ飛んだ。

戻るぞと手を差し出され、自分で立てない訳ではなかったが、それが小さな公私混同だったことは分かったので、郁はその手に甘えた。

＊

犯人は都内の私立大に通う三年生で、野球のスポーツ推薦で入学したという。

しかし二年生の頃に選手としては致命的な負傷を負い、特待制度を剥奪《はくだつ》された。学費は家庭で何とかなったが、一般教養の国文学の講義の単位がどうしても取れず、悩んでいたところへ講義を持っていた准教授からその話を持ちかけられた。

研究に必要な書籍を贈呈したら単位をやる、と。

准教授の要求した複数の書籍はとても学生のアルバイト代で賄えるものではなく、また特待制度を剥奪されて学費を負担することになった親にも頼むことはできなかった。そして准教授は暗に書店や古書店、図書館からの窃盗を手段としてそそのかしたという。

店の売り物を盗《と》ったら万引きだ。犯罪であることは図書館も同じなのだが、公共施設ということで心理的な障壁が低かったらしい。また、大学図書館の盗難防止システムが窃盗の参考になるということも踏切り板になったようだ。

そして青年は単位と引き替えに、武蔵野《むさしの》第一図書館で図書の窃盗を始めた。

青年の大学からは武蔵野第一図書館が最も近いわけではないのだが、都下最大の公共図書館であり、准教授の要求した書籍がすべて揃っていたこと、規模が大きければ監視も手薄になるのではないかという期待から武蔵野第一まで通っていたという。

そしてそこから先は玄田の推測どおりだ。

准教授は、最初に要求した書籍が手に入ると欲を出した。青年への要求はエスカレートし、今回の事態となった。

もちろんその准教授も犯罪教唆《きょうさ》で青年とともに御用となっている。

「何か身につまされる事件だなー」

例によって寮で詳細を柴崎からいち早く聞いた郁は、思わず肩を落とした。

「身につまされるって何が」

「いや、スポーツ推薦で入学して怪我で特待枠取り消されるって、けっこうな痛手だからさ」

郁も大学は陸上の推薦だったクチである。青年の話はまったくの他人事《ひとごと》とは思えなかった。

「家にも負担がかかるし、大会で成績出してりゃ単位も少しくらいオマケしてもらえるとこ、全部なくなっちゃうから。もちろん付け込まれて乗ったほうも悪いんだけど、付け込んだ奴はもっと悪いと思いたいかなー」

「んー、言いたいことは分かるけどさぁ。でもあんたは同じ状況で付け込まれても乗ってないわよ、きっと。机にかじりついて、ない脳ミソ振り絞って必死で単位取ったでしょうよ」

やっちゃったことはやっちゃったこと、乗せられちゃったことは乗せられちゃったこと。と言いつつ柴崎はお茶をすすった。「学生のほうは情状酌量の余地くらいあればいいけどね」

「うん、あたしも事情知ってたらもう少し手加減してもよかったかなーって」

「ああ、ねえ、ブラッディ笠原」

「ああ⁉」

思ってもみなかった呼称を投げられて郁の声は引っくり返った。

「待て！　その呼称は一体どこから出てきた！」

「元を質《ただ》せば小牧教官と手塚からー。犯人を防衛部に連行してきたはいいものの、そこで上戸に入って話にならなくなっちゃって、仕方なく手塚がその上戸の理由を述べた」

「あ、あ、あいつらー！」

「手塚に関しては『仕方なく』ってとこ斟酌《しんしゃく》してやって。けっこう粘ってたんだけど、何しろ小牧教官の上戸が止まらなくてさぁ。気の毒だったのは犯人よ、小牧教官の上戸が止まるまで取調べ室に放置だもん。ま、十五分くらいのもんだったけど」

「長すぎるわっ！」

それにしても、と柴崎が指折り数える。

「クマ殺しにブラッディ笠原、あんたの異名はどこまで増えていくのかしらね。何でも返り血浴びてすっごいイイ笑顔だったんだって？」

郁は屈辱で顎《あご》に梅干しを作った。明日出勤したときの仲間の挨拶が目に見える。

あたし功労者なのに！　今回ばかりは文句なく損壊犯確保者なのに！

「いいもん、堂上教官は誉めてくれたから！」

ふて腐れた郁はそのままバタンとテーブルの脇に倒れ込んだ。

二、「一番欲しいものは何ですか？」

*

堂上《どうじょう》が復帰してから、郁《いく》にはとても人に言えない悩みができた。

……キスとかできる機会が減ったなー。

堂上が入院していた間は個室だったので、見舞い客さえ警戒していれば取《と》り敢《あ》えずは場所に困ることはなかった。

だが退院するとお互い寮暮らしである。共同区画があるといってもせいぜい話ができる程度だ。夜中に落ち合ってどこか共同区画の物陰でいちゃつく大胆なカップルも少なくなかったが、使える場所が限られているので鉢合わせしたという笑い話もしょっちゅうだ。もちろん、共同区画とはいえ寮内だし巡回もあるので、できることには限りがあるわけだが。

しかし限度があるとはいえ、そうなるとお互いの性格的にそれを目的に夜中の逢《あ》い引《び》きなどという挙には踏み切れない。

しかも堂上は一人部屋だが郁は柴崎《しばさき》と――よりにもよってあの柴崎と二人部屋だ。人の気配に聡《さと》い柴崎が、夜中に郁が部屋を抜け出して気づかないわけがない。

デートのときに済ませておけという話だが、これも外では落ち着いてという訳にはなかなかいかない。

「あーキスしたーい」

などと小声で呟《つぶや》けるのは、寮内の通路を一人で歩いているからだ。

柴崎と話していて「真冬のアイスって何故かおいしいよね」という話になり、そこから門限前にコンビニで買ってこようかということになり、しかし「でも寒い中出かけるのイヤ～」と柴崎が駄々を捏ね「ジャンケンで負けたほうが買ってこよう」というワガママ発言に繋《つな》がった。

ジャンケン発言が何故ワガママかというと柴崎が異様にジャンケンに強いからである。その案を飲んだ時点で郁が買い出し係になるのは決まったも同然で、郁はかなり渋ったのだが柴崎の言いくるめに勝てる奴などいるわけがない。

かくて、夜更けをいいことにジャージにコートを引っかけただけのいい加減な格好で、郁がコンビニへ出かけることになった次第である。

あたし雪見だいふく！　バニラね！　じゃねっつの。

ハーゲンダッツのキャラメルクリスピーで差ァつけてやる、と郁はスニーカーを出して玄関を出た。

ああ、でも寝る前だからラクトアイスにしといたほうが無難かなー。寝る前にチョコレートなどの脂肪分の高い物を食べるとニキビが出る体質はまだ収まっていない。

基地の警衛で一応外出理由を書かされる。

時刻と名前と所属部署と行き先だ。

「今からコンビニ？　太るぞー」

警衛係にからかわれつつ「ほっといてください」と舌を出し、郁は基地正門から歩いて五分とかからないコンビニまで駆け足になった。

寒風にさらされて、あっという間に頬が冷たくなる。たどり着いたコンビニはわずか数分でプチオアシスになった。


結局、郁も柴崎と同じ雪見だいふくを買って基地に戻った。

関東図書基地の敷地は広いが、この気温ではゆっくり帰っても溶ける心配はない。行きがけを走って体も温まっていたので、寮まで歩く。

と、寮の玄関に向かう途中で建物の陰からかすかな喘《あえ》ぎ声が聞こえた。

ぎくりと体が固まったのはむしろ郁のほうである。——気づいてやめちゃったら気の毒だ、と思えるほどには場所がない切実さは分かるようになっている。

心持ち足音を殺して郁はその場をやり過ごした。玄関の開《あ》け閉《た》てもできる限り静かに。

——そうだよねー、寒くたってキスしたいもんねー。

溜息《ためいき》を吐《つ》きながら人の失《う》せている玄関で靴をしまっていると、

「お、どこ行ってたんだ」

声をかけたのは——声だけで分かる、堂上だ。寝酒を買いにきたらしく、片手にカップ酒を一本ぶら下げている。

直前で考えていたことが考えていたことだっただけに、郁の顔は真っ赤になった。

「あ、あの、そこのコンビニまでアイス買いに」

「この寒いのによくもまあ……それも門限直前に一人でか。顔真っ赤だぞ」

それはいろいろ理由が違くて！

直前で聞いた喘ぎ声やら同じことをしたいと思っている相手とかち合ったことやら——それより何より、
こんな雑な格好で帰ってきたところ見られたくなかったァー！

コーディネートもクソもなく、アディダスの黒いジャージにダウンなので温かいという理由だけでお出かけ用おしゃれコートである。

「堂上教官はお酒ですかっ」

「ん。小牧《こまき》たちと飲んでてさっきお開きにしたんだが、ちょっと飲み足りなかった」

そういえばお酒強いんだよなー、男性陣は。

そんなことを思いながらも何気なく手はコートの前を合わせて、少しでもジャージを隠している。

会話が何となく途切れた。

「あ、じゃあ……あたし、柴崎が待ってるんで」

「そうだな、溶けるもん持ってるし」

ぺこりと頭を下げて、郁は逃げるように女子寮側へ駆け出した。

郁を見送った堂上が軽く頭を掻《か》き、

「……タイミングが悪かったか」

と呟いたことは、もちろんその場から一目散に逃げ出した郁の知るところではなかった。

＊

クリスマス、などという個人的イベントは図書隊関係者には存在しない。

児童関係のイベントに最適の行事でもあるし、年末年始の休館に向けて全ての隊員が最低限の休暇を取れるようにローテーションを組まねばならない分、休館直前のクリスマスシーズンは各部署シャカリキで仕事を回さねばならない。

特に防衛関係は警備強化週間だ。年の瀬の慌ただしさは検閲を除いても図書館にあれこれとトラブルを運んでくる。

柴崎が部屋の自分のカレンダーに年末の三十日から年明け三日まで〇印をつけた。業務部や後方支援部の休暇は、防衛方に比べて日数が多い。防衛方は平均三日というところである。

「あんた、今年も家に帰らないの？」

「うーん、まだちょっと気まずい」

長らく確執のあった実家の母親とは最近たまに電話くらいするようになったが、それも父親に示唆されてということが如実に分かる。そして、父に言うなと命じられているから言わないだけで「そんな仕事は辞めて（以下略）」と思っていることもバレバレだ。結局は微妙に他人行儀な近況の挨拶《あいさつ》だけで、見かねた父が途中で電話を代わることになる。

「そんな状況で帰ってもなーって感じで」

「思い切って帰ってみたら意外とそこが突破口になったりするもんだけどね。でもまあ」

と、柴崎がニヤリと笑う。

「気が重い実家でせっかくの休暇潰《つぶ》すより、彼氏と予定入れたいわよねー」

「……そうよ！　悪い⁉」

開き直ってはみたものの、柴崎には鼻で笑われた。

「そこでしれっと開き直れるようにならないとねー」

カレンダーにマークを入れていたペンを筆立てに挿し、柴崎がコタツに戻った。

「ね、どっかお泊まりとか行くの？」

「そっ……そんな一足飛びにそこまでっ！」

「なるほど、まだまだか」

そうよキスする場所さえ苦労してんのよ！　などとはとても言えない。

「それに堂上教官も一泊実家に帰るし！」

「でも翌朝飛んで帰ってきてくれるんでしょ？　二日間みっちり遊んでもらえていいじゃん」

そう言われるとつい顔が緩む。

「うん、初詣《はつもうで》行ってちょっとバーゲン覗《のぞ》いたり、映画もお互い観たかったのがかかってるし」

寮も人減ってるからちょっといちゃついたりできるかなー、などとあらぬ期待もしてしまう。

「堂上班の休みっていつなの？」

「元旦《がんたん》から三日」

「わあ、すごい倍率高いとこ取れてんじゃん」

「うん、まあ」

それについては隊の仲間が微妙に堂上班に気を遣ってくれた感じがしないでもない。堂上と郁が付き合いはじめた最初の正月で、小牧も彼女持ちである。

「手塚《てづか》は完全に余禄《よろく》だねー」

柴崎はそう言いながらくすくす笑った。

＊

堂上が実家に帰るのは元旦、二人で会うのは二日と三日の予定だった。元旦は開いている店が少ないからである。

郁は寮で留守番兼自主待機である。一応実家に電話で新年の挨拶を入れたが、年始客が多いこともあっててきぱき切られた。

テレビはどこも代わり映えしないバラエティばかりである。陸上選手だった郁としては箱根駅伝のほうがおもしろいのだが、駅伝は二日三日だ。

「DVD借りてきといてよかったー」

観そびれていた映画を二、三本レンタル店で借りておいたのである。図書館もDVD貸出しはやっているが、利用者の貸出しでめぼしい物は休館前にはなくなった。

一本観終わって、食堂で遅めの昼食を取る。休館期間中は食堂のおばちゃんも休みなので、給食センターが運んでくるものを自分で温め、後片付けも自分でする。

二本目を観る前に何となくクローゼットを開けた。

「明日何着ていこうかなぁ……」

堂上と付き合うようになり、いわゆる「女の子服」のレパートリーを意識的に少し増やした。何しろ日頃の基本が戦闘服とパンツスーツである。これでデートのときまでジーンズばかり、というのはさすがに色気がなさ過ぎるように思われた。

と、そのとき携帯が着信音を鳴らした。

液晶を見て心臓がどきんと跳ねる。『堂上篤《あつし》』――家に帰っているはずの堂上からだ。

「はっ、はいっ、笠原《かさはら》です！」

慌てて出ると、

「あんた笠原？」

応じたのは女の声である。

「ねえ、あんた誰に断って篤と付き合って——……」

頭の中が真っ白になった。

え、何、これってどういうことですか。

と、そこで嫌な感じを作っていた女の声がこらえかねたように吹き出し、「バカ、返せ！」と堂上の声が重なり、

「もしもし、俺だ！」

電話の相手が堂上に替わった。

状況の理解ができずに黙りこくった郁に、堂上が早口でまくし立てた。

「非礼は詫《わ》びる、今のはうちの妹だ。すまん」

郁に向かって話しながら、途中で別の方向へ「黙れアホウ！」などと罵倒《ばとう》が入る。

「あー……あー、あの、愉快な妹さんですね」

やっとそう答えた郁に、堂上が「ついてくんな！」と怒鳴りながら場所を変えている気配だ。どうやらやっと妹の追尾を振り切ったらしい、堂上の声が通常のテンションになった。

「妹だからな。信じろよ」

「あ、はい」

電話の合間に聞こえてきた口喧嘩《くちげんか》の間合いは明らかに兄妹のものである。

「あたしも兄が三人いますんで。兄妹喧嘩の間合いは分かります」

でもちょっと弾《はじ》け気味の妹さんかな、と見当をつける。もし郁が兄の誰かにこんなイタズラ

を仕掛けようものなら投げっぱなしジャーマンの刑だ。

「明けましておめでとうございます」

予期せぬイタズラで忘れていた新年の挨拶を取り敢えず郁から切り出すと、堂上も答えた。

「おめでとうございます、今年もよろしく」

ふと気づいて郁は口を開いた。

「個人的に新年の挨拶するの、初めてですね」

「ああ」

「来年からもずっと『今年もよろしく』って言えたらいいな、とか」

堂上からの返事はしばらくなかった。何か変なこと言ったかなと不安になったところで、

「お前、今めちゃくちゃかわいい」

不意打ちだ。

だが、その不意打ちの後に「あのクソ妹の相手した後だと殊に……」と怒濤《どとう》の愚痴が続いたので笑えた。よほど翻弄《ほんろう》されているらしい。

「せっかくご実家に帰ってるのに、わざわざお電話もらえて嬉《うれ》しかったです」

「あ、待て、まだ話を畳むな」

てっきり年始の挨拶をくれる途中で妹に携帯を奪われたものだと思っていたので手早く電話を終わらせようとしたのだが、堂上にはまだ用事があるらしい。

「お前、今暇か？」

暇かと問われればこれほど暇な状況もない。郁にとって休暇の本番は明日からである。

「暇ならうち来るか。……気が向けばでいいけど」

即答できずに郁は携帯を持ったまま凍りついた。教官――それは、
ココロの準備ができていません！

「一応事情を説明すると、お前のことがひょんなことから家族にばれて、」

「ひょんなことってなんですか⁉」

「ひょんなことはひょんなことだ、追及するな！　あのとおり悪ふざけの好きな妹も帰省してる折から親も乗せられてお前に会いたいとか言い出して、正直進退窮まってる。顔だけ見せて少し話したら満足すると思うからどうだ。雑煮とおせちくらいは出る」

「え、でもあたしでいいんですか」

「何がだ」

「ご家族に会わせる……その、彼女って」

「俺は家族に紹介できない女と付き合ってる覚えはない！」

怒鳴られてひゃっと首がすくんだ。

「だけど急な話だしお前が緊張するのも分かる、おまけにさっきのバカ妹も待ち受けてる。嫌なら断っていい。適当な理由つけてかわしとく」

「い、嫌じゃないです！」

だってどんな理由つけたって避けたこと自体感じ悪いし、彼氏の親にマイナス印象つけたく

ないし！

「じゃあ一六〇〇《ヒトロクマルマル》、国分寺《こくぶんじ》駅北口だ」

一六〇〇つまり十六時。予定をまるでいつもの業務連絡のように告げて堂上は電話を切った。

待って！　もうちょっとご両親の情報とかいろいろ！　とすがりたかったが切られた以上はそれどころではない。

服！　初めて彼氏の親に会うのに感じのいい服！

郁は血相変えてクローゼットを引《ひ》っ掻《か》き回しはじめた。

ああっこんなときに限っていないなんて柴崎のバカ！　と八つ当たりは変な方向へ滑った。

遅刻でもしたら大変だ、と時間より三十分早く待ち合わせ場所に着いた。

堂上が迎えにきたのは十五分前である。

「早いな！」

驚いたように声を上げた堂上は、相変わらずいいラインで固めた落ち着いた服装だ。

郁のほうはといえば、キレイ系の半袖《はんそで》カットソーに丈の短すぎないややフレアーのスカートだ。これにダウンコートと踵《かかと》の低いショートブーツ、靴を買うときはもう踵が低いものにする習慣がついている。

「あの、あたしこんなカンジでよかったですか」

「ああ、いいんじゃないか。精一杯ネコ被《かぶ》った感じで」

「ネコって！」

「冗談だ。毬江《まりえ》ちゃんみたいな感じだな、お前にしてはちょっと珍しいけど似合う」

ばれた！　と郁は首をすくめた。

日頃図書館で見かける毬江の雰囲気なら彼氏親のウケも良さそうだと思いつき「毬江ちゃん、毬江ちゃん……」と唱えながら服を選んできたのである。

「まあ、少なくとも堅苦しい親じゃないからそんな緊張しなくていい。何しろあの妹を野放図に育てきった親だ」

十五分ほど歩くけど平気だな、と確認され、郁は訊《き》かれた内容を吟味する余裕もなく頷《うなず》いた。


訓練速度で十五分、だが郁も歩きやすい靴だったので余裕でついていけた。

住宅街の中の一戸建てが堂上の実家だった。ごくありふれた建売だが、その家が今の郁には茨《いばら》に囲まれた城並みの威圧感で迫る。

「ただいま」

玄関を開けた堂上のやや不機嫌そうな挨拶で、奥からすっ飛んできたのは若い女性である。

「やっだ、マジ!?　実在したんだ!?　ホントに!?　ミラクルだわ、ワンダーだわー！」

「挨拶——————！」

堂上がどうやら妹と覚しき女性を怒鳴りつけた。

「お前のほうが笠原より年上だろが、アホウ！　しかもイタズラ電話から入りやがって、謝罪も忘れんなよこのバカ！」

「はーい。さっきは電話でふざけちゃってごめんなさいねー、篤の妹で静佳《しずか》っていいまーす」

と、上《あが》り框《かまち》に立っていた静佳が急に座って三つ指をついた。

「ふつつかな兄ですが……」

「貴様にふつつか呼ばわりされる謂《いわ》れはないッ！」

また兄妹喧嘩が再燃しそうだったので郁は慌てて頭を下げた。

「笠原郁と申します！　堂上教官にはいつもお世話になっております！」

「まあー！」

また静佳が声を上げて、郁はびくっと肩をすくめた。

「兄貴、彼女あんたがチビだから踵の低い靴履いてくれてー！　いい子じゃないのー！」

「やかましい！」

これは強烈だ、と郁が早くも慄《おのの》いていると、奥から声がかかった。

「おい！」

見ると奥の間から堂上の両親が顔を出している。郁は慌ててまた頭を下げた。

「ずるいぞ、玄関だけではしゃいで。早く上がってもらいなさい」

両親との挨拶は静佳ほどかっ飛んだものにはならなかった。

だが緊張の度合いは段違いである。勧められる料理も食べるタイミングが摑《つか》めない。

　取り敢えず、父親が関西の出で母親が東京だということは分かった。雑煮は関東風らしい。

「僕は関西風の白味噌《みそ》が好きなんだけどね。家族ができたら多数決だし、子供たちは母親の味の味方になっちゃうから」

　父親の喋《しゃべ》りにはわずかに関西のイントネーションが残っている。

「あ、でもお母さんのお料理おいしいです。このおせちも」

「おい母さん、おせちは来年もヨーカドーにしとこうか」

「そうねぇ、みんな結構よくつまんだものねぇ」

　やっちゃった――――！　心の中で悲鳴が上がる。

「ああああのお雑煮もすごくおいしいですっ！」

「でもね、ほら、この伊達《だて》巻きだけは違うお店のがあって別に買ってくるのよ。お重に入ってないほうがおいしいからたくさん食べてねぇ」

　あああ会話が嚙《か》み合ってない！　お母さん看護師って聞いてたけど実は天然系⁉　パニック寸前の郁に堂上が小声で囁《ささや》いた。

「お袋とテンポが合うのは親父だけだ、気にするな。おせちの件もまったく気にしてないから、お勧めの伊達巻き食ってやれ」

　言われるままにお勧めの伊達巻きを口に運ぶ。

「おいしいですね、伊達巻き！」

「でしょう？　私が見つけたお店なのよー、まだマイナーだから穴場なの」

母親が我が意を得たりとばかり嬉しそうに笑う。その天然に近いテンポは勘気が強い郁の母と真逆に近く、戸惑いながらもほっとした。

父親が郁のグラスに白ワインを注ぎながら尋ねた。

「篤とはどういういきさつで……」

郁の飲める酒が用意してあったのは堂上の事前の根回しだろう。

「あ、それそれあたしも聞きたーい」

DVDの予約だ何だと辺りをばたばた歩き回っていた静佳も座卓についた。

「篤が部下だということ以外全然口を割らなくてね」

こういうアドリブがあるなら最初に言っといてください！　郁は恨みがましく堂上を睨《にら》んだが、堂上は視線を逃がしたまま合わせない。

「ええと……私が入隊したときからの上官で、最初厳しくて少し苦手だったんですけど……」

「そうよね、初見で女の子ウケするタイプじゃないもんね、絶対。チビだし口やかましいし」

静佳が力強く頷く。

「でもあの、すごく尊敬できる人だって分かってきて、」

ここはもう堂上に華を持たせるとしたものだろう。郁は景気づけにワインを一気に呷《あお》った。

タン、とテーブルにグラスを置いて一息に言い切る。

「私から告白してOKをいただきましたっ！」

お見事！　と父親の賞賛は郁の宣言か呷り方か微妙なところである。

「いい子じゃないか、篤」

「だからそれは散々言っただろ」

「だったら馴《な》れ初《そ》めも教えてくれたっていいじゃん」とこれは静佳だ。

不器用な堂上が『王子様』が絡んだり何だりした複雑な経緯《いきさつ》を家族に説明できなかった——というよりしたくなかったことは郁にはよく分かる。

「郁ちゃん、まあもう一杯」

あ、それはやばい。ワインの口当たりはよかったが、度数はかなり高いらしく、一杯呷っただけで体が警報を鳴らしていた。

「いえ、もう……」

遠慮する前に注がれてしまう。

「いい飲みっぷりだったじゃないか、もう少しいけるだろう」

「やめろって！」

堂上が止めに入った。

「こいつ今まで飲み会でも一杯しか飲んだことないんだぞ！」

「酒は飲んで限界を覚えるもんだろう、正月なら羽目の外し時だ」

「酒飲みの常識をこいつに押しつけんな！」

堂上が庇《かば》ってくれるのは嬉しいが、初めて訪ねた彼氏の実家でこの流れはいたたまれない。

「わ……分かりました！　笠原もう一杯いきます、でもこれで最後です！　お母さん、あとはお水をください」

「バカ、無理すんな！　お前、絶対弱い……！」

堂上が止める前に郁はグラスを呷り――その先の記憶は程なく途切れた。


だから言っただろ！　嫁入り前の娘こんなザマにしやがって、いい大人のやることか！

いや、まさか本当にこんなに弱いなんて。ワインなんてジュースみたいなもんだろう？

俺が上官期間も含めてトータルでこいつとどれだけ付き合って、どれだけ飲む機会があったと思ってるんだ！　こいつの酒量なら俺のほうが本人より詳しいくらいだ！

まーでも男前な女の子だわねー。

そうよねぇ。篤がお父さんと揉《も》めそうになったから飲んだのよ、いい子ねぇ。

ねー。だからお父さんと兄貴の共同責任よ。

……

目が覚めると見知らぬ部屋のベッドに寝かされていた。

「う……？」

まだ頭はぼうっとしている。

「目ェ覚めたか」

枕元を見上げると堂上がいた。

「ここ……?」

荷物の少ない殺風景な部屋だ。かろうじて勉強机などが残っているのは、

「俺の部屋だ」

堂上の返事で経緯は大体思い出した。

「あー門限!」

がばっと跳ね起きると、堂上が「まだ余裕だ、落ち着け。門限の延長届けも連絡してある」とソツないフォローを告げた。

安心するとまた反動で頭がぼうっとしてきた。くたりとベッドの背もたれにもたれかかる。

「頭痛や吐き気は」

首を横に振ると、堂上が手元に用意してあったらしいミネラルウォーターを大ぶりのグラスにそそいで郁に手渡した。

「取り敢えず二杯は飲め。後はトイレに行きたくなったら部屋出て左の突き当たりだ。飲めるだけ水飲んで出すだけ出したら帰るまでには少しは酒も抜ける」

言われるままに水を飲み、郁はまたベッドの中にずるずる潜り込んだ。

「堂上教官の部屋なんだー。何か秘密の花園って感じー」

「三十男摑まえて何が花園か。まだ酔ってんなあ、お前」

今日は悪かったなと堂上が呟いた。郁が寝たまま首を傾げると、急に家になんか呼び出して酔っ払わせて、と付け加える。

「詫《わ》びはするから何か欲しいもん考えとけ。図書隊だとクリスマスもすっ飛ばしだしな」

欲しいもの。欲しいもの。欲しいもの。

あー、まだ二人で写真撮ったことないなー。一緒に撮った写真とか欲しいかもー。小牧教官と毬江ちゃんがお揃いで指環《ゆびわ》してるのもちょっと羨《うらや》ましいけど周囲にバレバレの環境だし別に今さら敢えてしるしがいるとも思えないしまた隊のみんなにからかわれる的になるだけっぽいしなー。でも一番はもっとキスとかしたいかなー。

んー、また考えとこう、と散らかった思考をほったらかしで掛け布団を抱え込む。

と、不意に堂上が腰を上げた。

「……俺は風呂《ふろ》入ってくるからしばらく休んどけ」

「あ、あたしもお風呂閉まるまでに寮帰りたい……」

「お前は駄目だ、体温めると酒が回る。明日起きてからシャワーにしろ」

それからしばらく寝入っていると、「ハァイ彼女」と陽気な声が郁を起こした。もう分かる、全然静かじゃない静佳さんだ。

「きゃー目の毒」

言われて自分の姿を見直すと、郁は掛け布団を抱き枕にしていた。ジーンズなら何てこともない体勢だが、スカートにストッキングだとさすがにだらしがない――というかあられもない。

「うわっ」

慌てて足を隠しながら起き上がると、静佳が納得したように頷《うなず》いた。

「急に風呂なんか入り出したわけだわ、初めての彼氏の家で不安だろうからついててあげりゃいいのにと思ったんだけど」

郁は思わず肩を縮めた。うわー、家族の人にだらしないところを。

「すみません、何か、初めて来て醜態さらしまくり……」

「ぜーんぜん。むしろごめんね、あの堅物男にラブラブの彼女がいるのが発覚したもんだからあたしたち舞い上がっちゃって」

というわけで、と静佳はパンツのポケットからガンメタリックの携帯を取り出した。

「あ、それ堂上教官の」

「我が家からお詫びでーす、何で彼女の存在が発覚したか」

静佳は言いつつちゃかちゃか携帯を操作しはじめた。

「えっ、それはちょっとあたしが見るのは……」

「大丈夫、あたし我が家の法律だから。兄貴もあたしにされたことは天災と思って諦《あきら》める習性がついてるし」

しれっと静佳が呼び出したのは携帯カメラのフォルダだ。

「こういう機能ろくに使わない男だってことは知ってるでしょ」

「あ、はい」

付き合いだしてからもメールなどは相変わらず必要最低限の事務連絡だけだ。それがデートの約束であろうとも。

「そういう男がこれだもの」

フォルダを開くと一枚だけ写真が保存されていた。はにかんだ笑顔の自分、この写真には郁も覚えがある。

堂上が携帯を買い換えたとき、機能を覚えるという口実で被写体になることを頼まれたのだ。シャッターを切ったのも一回だけだったのが堂上らしい。携帯のくせに意外とよく撮れるもんだ、と感心していたが——

そういえば消去の方法は試していなかったと今さらながら思い出し、顔が火照った。抜けていないワインのせいだけではない。

「しかも明らかに年下のカワイイ女の子でさー。そのうえいちまいよ！　一枚きりを後生大事にさー！　特別だって白状してるようなもんじゃない？　誰これ誰これって朝から吊《つ》るし上げ状態だったのよー」

でもごめんね、迷惑じゃなかった？

そう訊かれて、郁は笑顔で頭《かぶり》を振った。

「嬉しかったです。あたしちょっと事情があって、何年も実家に帰ってないので。お正月って感じ、久しぶりでした。堂上教官のご家族、楽しくて仲良くていいなぁって」

「お、好感触」

ぱちんと静佳が指を鳴らす。

「じゃああたし、ちょっとミッションインポッシブってくるから」

「は？」

「兄貴の携帯返してこないとね～。風呂場からこっそり持ち出してきたから」

言いつつ静佳は鼻歌混じりで部屋を出ていった。

……やっぱり、ウチなら投げっぱなしジャーマンかな。何だかんだと堂上は優しいお兄さんなのだろう。笠原家の兄妹が規格外ともいうかもしれないが。

郁が暇《いとま》をするときに、堂上も自分の鞄《かばん》を持ち出してきた。

「おや、篤ももう帰るのか」

父親に訊かれて堂上は仏頂面で答えた。

「誰のせいだと思ってんだ、もっと早く帰すはずがこの時間になって」

堂上が郁の帰寮に許可を出したのは夜も九時を回ってからだった。

「それに俺も明日の朝には帰るつもりだったし、笠原送るついでに帰る」

堂上の母親はおせちや料理の残りをジップロックや何かに詰め込んで郁に持たせた。

「よかったら食べてちょうだい。せっかくお正月なのに、寮の食堂だけじゃ味気ないでしょう。器は篤に預けてくれたらいいから」

「おかーさん、郁ちゃんだけめちゃくちゃ贔屓《ひいき》」

「篤は家で充分食べたでしょ、男はいいのよ男は」

「ああ、要らん要らん」

堂上がうるさそうに手を振って、郁は恐縮しながら堂上家を退去した。


「別に一人で帰れたからよかったのに」

休ませてもらってもう足元に酔いは残っていない。郁がそう言うと、堂上は仏頂面で答えた。

「お前の戦闘能力が高いことと俺がプライベートでお前を心配することは別問題だ。一応妙齢の女だろうが、お前」

「お気遣いありがとうございます……」

「そういえばこの前のコンビニも」

堂上の声が説教モードに切り替わった。

「たかがアイスのために女が一人で近所とはいえ夜中に外を出歩くんじゃない」

ああそっか、あたしが負けたからよかったけど柴崎が負けてたら柴崎を一人で行かせるのは問題だよなー、と素直に納得する。ちょっと二人して考えなしだったかも。

「分かりました、次から柴崎と一緒に」

「女同士じゃ同じことだろが！　いざというとき盾になるのはお前だろう、しかも連れが柴崎じゃ足手まといだ！」

何のために俺がいるんだ、と堂上が吐き捨てる。

「コンビニくらい付き合ってやるから電話しろ」

女の子扱いには慣れていないので戸惑ったが、小突かれた強さがいつもと違って彼氏モードだったので嬉しかった。

＊

「へーえ！　大進展じゃん、彼氏の家に年始挨拶！」

三日のデートが終わって帰寮すると、柴崎がもう帰ってきていた。そのまま休暇の報告会だ。

「もう緊張したよ〜〜〜。こんなときに限って柴崎いてくれないしさ」

「何そのすっごい責任転嫁。そんで相手の家族には気に入ってもらえた感じ？」

「面白がられたっていうのが近い感じもするけど……堂上教官からご両親の伝言もらったよ。また遊びにきなさいって」

「デートのほうはどうだったの、初詣スタートだっけ？」

「や、それが電器屋の初売りからになって……デジカメ買ってもらった」

「あーんまり色気のないプレゼントねえ。クリスマス兼ねてんでしょ？」

「でも欲しかったの。今まで二人で写真とか撮ったことなくて。でもどうせならいいやつって思うとずるずる買いそびれてて」

あら、意外とリサーチ上手ね。柴崎が感心したが、郁はリサーチされた覚えがないので謎だ。

「別に休憩中とかにチラシ見てたことないし、誰かに話した覚えもないんだけどなぁ」

「堂上教官も一緒の写真欲しかったんじゃないの？」

だったら嬉しいなぁ、と郁はにやけた。確かに撮った写真は二枚ずつ焼き増ししてそれぞれで持っておく約束になっている。

静佳のくれた秘密情報を考えると、堂上のほうも二人の写真が欲しかったというのは自然な推測に思われた。

「まだプリントしてないんだけど、見る？」

「見る見る」

操作を覚えたばかりのデジカメ画面を柴崎に見せる。写真は初売りの次、初詣から始まっている。

「……何でツーショットだとこんなに仏頂面なわけ、あの人は」

「シャッター他人に頼むじゃない。そうすると緊張しちゃって駄目らしいんだよね」

「あんたを撮ってるのは堂上教官よね？」

「うん、お互いで撮ってる」

「あんた撮るのは巧《うま》いのにねー」

そうかな、と郁は照れて頭を掻いた。

「被写体の問題かしらね、このいろいろ預けきってるかわいらしい顔ったら。撮《と》り甲斐《がい》もあるでしょうよ、そりゃ」

それに比べて、と柴崎が堂上のショットで写真の送りを止めた。

「心を閉ざした野生動物か？　これは」

「何かねー、写真ホントに苦手みたいで。でもコツは摑《つか》んだ！」

郁は横から写真を数枚送った。

「あらぁ、いい表情で笑ってんじゃなーい」

「予告与えちゃ駄目なの、あたしは悟った。不意打ちで撮る、これね。予告したら即座に証明写真撮る顔になるのよ。笑ってって言ってもひきつるし」

「おおっ、これは……！　いいねいいね、この顔はちょっとお宝映像かも」

柴崎もかぶりつきだ。

「売れるかな？」

「売るな、人の彼氏！」

「いや、堂上班は鑑賞用としてはそこそこ市場価値高いし」

「市場って何だ！　どうせあたしはそこに入ってないんでしょ！」

「いやいやそんな。足フェチという需要は多うございますから？　一回百均の黒ストッキング穿《は》いて破いたショット撮らせてくれたら濡《ぬ》れ手に粟《あわ》で十万は稼がせちゃるというのに」

「全部不許可！」

欲のないことだわねえと柴崎は呟いたが、そういう問題ではないと思う。

写真を最後まで見終わると郁の側の休暇話も尽きた。柴崎の側は「まあ実家だし代わり映えもなくいつものとおりよ」の一言だ。

「お土産配るの手伝ってくれる？」

「オッケー」

柴崎は部屋の隅に積んであった銘菓の箱を引き寄せ、包装紙を開けはじめた。

配るところに配り終えて部屋に戻り、柴崎は例によって特殊部隊宛ての一箱を郁に預けた。

「あたしちょっと出るから。すぐ戻るわね」

「外じゃないでしょうね？」

すかさず郁が確認したのは堂上の説教が利いている。

「大丈夫よ、寮内だから」

言いつつ柴崎は携帯を持って部屋を出ていった。

＊

手塚が三日間の休暇を終え、もうすぐ寮にたどり着く、というところで携帯が鳴った。

液晶に出た名前は『柴崎麻子《あさこ》』である。

「はい、もしもし」

「明けましておめでとう、そっちもう帰った？」

「いや、もうすぐ。あと五、六分かな」

「へえー。もしかして休暇いっぱい実家にいた？」

「うん、まあ」

おめでとうなどと言いながらこちらに新年の挨拶を返す暇《いとま》も与えず、最大限の情報を取っていく。こういう女だよ、と苦笑しながら手塚は訊いた。

「どうした？」

用がなかったら柴崎からわざわざ電話してくるわけがない。

「うん、会ってから話す。大したもんじゃないけど渡したいものがあって。ロビーで待ってるから帰ったら声かけて」


寮で帰寮の手続きを取り、部屋に戻る前に共有区画のロビーに寄る。

まだ休暇中の者がいるためか、いつもより空《す》いたロビーのソファで柴崎が新聞を読んでいた。

「ただいま。明けましておめでとう」

「おかえり。今年もよろしくね」

まあ座ればと勧められ、手塚は「お前の部屋かよ」と突っ込みながら柴崎の向かいに座った。この状況が羨ましい男はきっと山ほどいるだろう。

「手ェ出して」

訳も分からず手を出すと、小振りな白い巾着《きんちゃく》型のお守りが剥《む》き身で載せられた。

「これ、おみやげ。他の人の分ないから内緒ね」

「……何かの賄賂《わいろ》か？」

「ふざけんじゃないわよ、何であたしがあんたごときに賄賂渡してまで処理したい案件があってのよ」

柴崎が挑戦的に顎《あご》を突き出す。

「いや、だってそうとでも考えないとお前が俺に個人的に土産とか……」

「人を何だと思ってんのあんたは！　権謀術数に長《た》けた知略家とはいえ妙齢！　女性！　企《たくら》みだけで動いてるわけじゃないわよ！」

「自分で言うし」

突っ込むと柴崎は組んだ足の上に頬杖《ほおづえ》を突き、唇を尖《とが》らせて横を向いた。

「……お礼」

「……何の？」

「前に、ほらぁ……」

柴崎は焦《じ》れたように手塚の記憶を促した。

「学生の窃盗事件のとき。あたし、竦《すく》んで動けなくなっちゃったから」

「……ああ。別にあんなこと」

防衛方には日常茶飯事である。もっとも、そのときはそれほど余裕があったわけではないが。

「それで何か、あんたたちってああいう事態といつも向き合ってるんだなって思って……それ、災難よけのお守り。初詣で買ったのよ、すっごく人多かったんだから」

いつもぺらぺら喋る柴崎の歯切れが悪い。もしかすると、改めてお礼という行為に柴崎自身が照れているのかもしれない。

錯覚のようにかわいいところもあるんだなと思ったが、口に出しては別のことを言った。

「お前、意外と古風なんだな。お守りって」

柴崎は頬杖で横を向いたまま返事をしない。

「ありがとう、大事にさせてもらう」

「ところで……お兄さんから新年の挨拶あった？」

不意に訊かれて、手塚は言葉に詰まった。

家には何もなかった。当麻《とうま》の亡命事件で兄と家族の決裂には微妙な修正が加わり、母は今年の正月はもしかすると兄が顔を出すかもしれないと期待していたらしい。

その期待が外れて落ち込んだ母を慰める意味もあって、休暇は全日実家で過ごした。

だが、手塚の携帯にはメールで新年の挨拶があったのだ。そんな暇があるなら家に年賀状の一枚も出してやればどれほど母は喜んだだろうにと思うと腹が立って、そのメールは無視している。

そんな事情を少し話すと、柴崎はやや遠慮がちに口を開いた。

「あんたのお兄さんって、あんたのこと大好きじゃん。あんたの許可がないと家に戻れないと思ってるのかもよ」

「……あいつと連絡取ってるのか」

「まあ、多少はね。でも情報交換しかしてないわ、お互いに個人の事情に立ち入るような関係でもないしね」

俺とは立ち入るような関係なんだろうか、と内心首を傾げる。柴崎はあきらかに手塚個人の事情に立ち入った話をしていた。

「だってあんた、今年お兄さんが顔見せたり年賀状を出してきたりしたら、疑ったでしょ？　お父さんの立場を利用しようとしてないかとかいろいろ」

痛いところを衝《つ》かれて手塚は黙り込んだ。

「あんたに実績見せてからじゃないとあんたのテリトリーに入れないと思ってんじゃないの」

「勝手にあいつが捨てて出ていったんだ」

「だからこそでしょ」

反射で柴崎に噛《か》みつくのは甘えだ。そしてその甘えが許されていることが情けない。

「形式でもいいから年賀メールくらい返してやれば？　一応それなりの実績を作ろうとしてるところみたいよ」

「何でお前が知ってるんだよ」

「あんたが訊けばあたしが探り入れるより微に入り細に入り教えてくれると思うけどね」

じゃあね、と柴崎が腰を上げる。

かわいい、なんてとんでもなかった。やっぱりあいつのほうが一枚も二枚も上手だ。それを思うと情けなくてへこんだ。

＊

休館期間が明けて早々、図書館側では軽微だが深刻な問題が発生した。

酔っ払いの居座りである。

正月気分が抜けきらないのか、スーツ姿の中年男がアルコール臭を振りまいて開館と同時に図書館へやってくるのである。

そしてすることといえば、児童読書室の絨毯《じゅうたん》の上で高いびきだ。

児童の保護者からも苦情が入るが、何しろ酔っ払いなのでうかつに刺激して暴れ出すなどの危険を考えると館員の注意も柔らかくならざるを得ず、当の酔っ払いは「はいはい」とその場からは移動するがまた別の場所――読書コーナーやロビーのソファなどを転々とする。

だが一番寝心地がいいのはやはり児童室らしく、気がつくと舞い戻ってきてしまっている、という次第だ。

「まあ、そんなわけでだ」

図書特殊部隊《ライブラリー・タスクフォース》の朝礼で玄田《げんだ》から指令が下った。

「今のところは暴力を振るうなどの気配は見られないが、何かあってからじゃ遅いしな。各自、館内警備中はその人物に注意を払いながら追い立てるように」

「はーい質問」

郁は手を挙げた。

「退去を命じるわけにはいかないんですか？」

「今までも酔っ払いが乱入してくるようなことがない訳じゃなかったが、ここまで通い詰める事例はなかったからな。一回館外へ誘導したらそれで済んでたし、泥酔者の退去を命じる規則は作ってない。規則を作るにしても今回の事例に何らかの決着をつけてからでないと、自分を出禁にするために後付けで作った規則だろう、などとごねられたらややこしくなる。何しろ、まだ利用者や館員、設備に具体的な損害を出したわけじゃないからな。業務部の消極的対処が現状の精一杯だ」

何かやらかしてくれりゃそれを理由につまみ出せるんだが、と玄田は相変わらずの強硬論だ。

「今回の事例に決着がついたら『泥酔者の館内立ち入りお断り』の注意書きを張り出せるように業務部でも準備は万端なんだがな」

「大体いつまで徘徊《はいかい》してるんですか？」

そう尋ねたのは手塚である。

「業務部の話によれば、閉館の七時が近くなるといつの間にか姿を消してるらしい」

「うわー、じゃあほとんどべったり居座ってるんだ」

郁だけではなく全員が辟易《へきえき》した顔になった。

「それから、この件が解決するまで閲覧室に常駐の私服警備がほしいと業務部から要請がきている。これは堂上班に一任とする」

　これはもう毎度のことなので異存はなかった。

　館員として警備に入るときは、全員スーツ姿である。空調が効いているので上着が要らない程度だ。

　そして閲覧室に入ると、児童室に入る前から地の底を這《は》うようないびきが聞こえてくる。年の頃は五十代といったところか、スーツも靴も上等なものだ。

　児童室の利用者が増えてきた頃合いを見計らって、堂上が酔っ払いを起こしにいった。

「すみません、ちょっと子供たちの利用の妨げになりますので移動していただけますか？」

　邪魔、等の直截《ちょくさい》な表現を使うと相手の感情を逆撫《さかな》でするかもしれないので婉曲《えんきょく》な表現を選べと郁も手塚も指導されている。後はそれぞれのあしらいの個性だ。

　業務部からは注意した館員が何度か食ってかかられたという報告も上がっていたが、堂上の毅然《きぜん》とした態度と防衛方ということでにじみ出る迫力は、酔っ払いが食ってかかれるものではなかったらしい。

　ああはい、すみません、などともごもご口の中で呟きながら起き上がり、何の手慰みか絵本を一冊二冊めくってから児童室を出ていった。

「自分も利用者だって主張したいんでしょうか」

　首を傾げた郁に、小牧が「その可能性もあるね」と頷いた。

　そして堂上が無線で館内警備の共通回線に告げる。

「特殊部隊堂上班より発す、ターゲットは児童室を出ました。今は閲覧室を徘徊中、引き続き監視します、どうぞ」

そして堂上班はそれぞれのポイントに散ってターゲットの監視に移った。

その後もターゲットは館内を転々として爆睡していたが、昼になるとふと姿を消した。

「帰ってくれたんでしょうか」

「だったらいいんだけどな」

と、館内警備中の他班から無線が入った。

『ターゲット捕捉《ほそく》。コンビニに買い物に行っていた模様。また館内に入りました、どうぞ』

「時間的に昼飯の調達、だね」

小牧が苦笑する。

「こっちも交替で昼飯食おうか」

小牧に勧められ、郁と堂上が先に昼食を摂《と》ることになった。

「利用者と混じることになるけど館の食堂でいいな」

「そうですね、早く戻れるし」

話しながら別棟になっている図書館の食堂へ向かうと、館内のあちこちに置いてあるソファの一つにターゲットがぽつりと座っていた。もともと人の出入りが少ない場所である。

　ターゲットは虚《うつ》ろに宙を見つめながら菓子パンをかじっていた。そしてお供の飲み物は――

　あいたたた。郁はこっそり溜息《ためいき》をついた。ソファに転がされているのは、未開封のパック酒が二つである。

「昼で補給してるから一日保《も》っちゃうんですね～」

「強くもないのに安酒入れるからだ」

　堂上も顔をしかめる。

「安いお酒なんですか？」

「一パック百円かそこらで買える酒だ、味わって飲むもんじゃない。パン代合わせても五百円とかかってないぞ」

「強くないっていうのはどうして？」

「酒に弱い奴が安酒入れると悪酔いを引きずるんだ」

「あたしこないだいいワインで倒れましたけど……」

「あれはお前が二連続一気なんかしたからだ！　ワインは意外と度数が高いんだぞ」

　昼食を済ませ、図書館に戻るとターゲットはまたどこかへいなくなっていた。


　内線経由でレスキューが入ったのは二日目の午後、お話し室からである。

　お話し会の最中にターゲットが部屋に入り込んだという。

　何をしたというわけでもなく、部屋の隅で寝転がるなりまたいびきをかきはじめたらしいが、驚いて泣き出した子供たちもいてちょっとした騒ぎになっているらしい。

「まったくあのおっさんは……！」

堂上班で該当のお話し室に駆けつけると、釣られ泣きも加わってお話し室は阿鼻叫喚《あびきょうかん》の様相を呈していた。

お話し役の館員はターゲットが寝こけている一画から一番離れた隅に子供たちを集め、声をかけてあやしている。

手塚が苛立《いらだ》った表情を隠さずにつかつかとターゲットに歩み寄った。

「すみません、起きてください」

手荒に揺すり起こされたのと、手塚の険のある顔が感情を逆撫でしたのだろう。ターゲットは手塚に負けず劣らず不機嫌な表情で起き上がった。

「……んだとぉ……？」

そこにさっと割って入ったのが小牧である。

「はい、お父さん。子供たちがびっくりして泣いちゃってるからねー。すみませんがちょっと場所を変えていただけますかー？」

にこにこ笑いながら、しかし断固としてターゲットを起き上がらせて立たせる。

「すみませんねー、ここあったかくて寝やすいの分かりますけどねー」

あくまで言葉は柔らかく、しかし強引に歩き出させるのを手塚も逆の側から手伝った。

堂上がその隙にお話し役の館員に指示を出す。

「しばらくはお話し室使用中は内鍵《うちかぎ》をかけてください。業務部でも徹底して連絡を回して」

「は、はい」

若い女性のお話し役は自分も半泣きで頷き、堂上と郁はお話し室を後にした。


お話し室から少し離れた通路のソファで、ターゲットは完全な絡み酒に移行していた。

「俺は納税者だぞ！　図書館は税金で作った施設だろうが、納税者が利用して何が悪いんだ！　それを何だ、まるで悪いことでもしたように引っ立てやがって！」

と、ターゲットが指を差したのは手塚である。やはり最初の起こし方がまずかったらしい。

「子供たちが驚いてしまったので起きてくださいとお願いしたつもりですが、お気に障られたのならすみません」

手塚の言葉は下手に出ていたが反発を隠しきれていないことがまだ若い。ターゲットは酔漢とはいえ年配だ。その手塚の若さを巧妙に衝《つ》いてくる。

「悪いなんて思ってないだろうが、お前はよォ！　目を見りゃ分かるんだ、目を見りゃ！　人をバカにしやがって、公務員の分際で！」

「申し訳ありませんでした！」

手塚が腰から折って礼をしたのは怒りを隠しきれない顔を隠すためだと分かる。郁に分かるのだからターゲットにも当然分かる。

このままではこじれるばかりだ。

「すみませんね、お父さん。彼にはよく言い聞かせておきますから、そろそろ勘弁してやってください」

人当たりのいい小牧がフォローに入り、手塚を連れ去ろうとしたが、

「待て！」

ターゲットが濁った声で呼び止めた。

「本当に悪いと思ってるなら土下座の一つもしていかんか！」

場の空気が凍りついた。

「お父さん……」

小牧が困ったような——しかして仲間たちには深刻な怒りを覆っていることが分かる笑顔で振り向く。

だが、その小牧を手塚が手振りで制した。

つかつかとターゲットの真正面に戻る。

まさか。

郁が息を飲み、堂上と小牧はもう察したように静かに見守る。

手塚はターゲットの前で両膝《りょうひざ》を突いた。ターゲットがやや怯く、そこへさらに両手も突き、

——床に着くほど深く頭を下げた。

「すみませんでした！」

膝は突いた、しかしその毅然とした声はターゲットを圧した。

「ですが我々には他の利用者の権利も守る義務があります。利用者にはもちろん子供も含まれます。他の利用者の権利に抵触する行為があれば、また誘導をかけさせていただくこともあるかと思います。その際には失礼にならないよう気をつけますので、何とぞご理解を願います」

そして手塚は立ち上がり、小牧とともに歩き去った。小牧が軽くその背を叩《たた》く。

今、手塚がどんな顔をしているかは容易に想像がついた。

居丈高だったターゲットはその勢いをなくし、ソファに力なくもたれかかっている。

郁は思わずそのそばに片膝を突いた。

「駄目だよ、おじさん」

堂上が肩に手を置いて強く引いたが、郁は敢えてそれに抗《あらが》った。

「子供たち、おじさんにびっくりして泣いてたよ。そんなことしたかった？　さっきの彼にも本当に土下座させたかった？　土下座させて満足だった？」

ターゲットは俯《うつむ》いたまま顔を上げない。

「本当はそんなことさせたくなかったよね？」

そう訊いたときだけ、ターゲットの肩がぴくりと反応した。

「引っ込みつかなくなっちゃったの分かるけど」

郁の肩に載せられた手が強さを増した。これ以上の接触は許さない、そういう指示だ。

「そっちに冷水器あるからお水飲んで、少し休んで落ち着いて。じゃあね」

言い残したときにはもう堂上は強引に郁を立ち上がらせて歩き出させていた。

少し離れた物陰で堂上に低く怒鳴られた。

「バカ！」

「すみません……」

「要注意人物と迂闊《うかつ》に接触するな！　今は相手が大人しくなってたからよかったけど、あんな低い姿勢から親しみやすく話しかけやがって！」

もし暴れ出したりしてたらどうするつもりだったんだ、と堂上が怒った声で吐き捨てる。

「で、でも小牧教官も刺激しないように親しみやすく話しかけてたし」

「あいつはきっちり線引いてるしお前とは経験値が違う！　相手より低い姿勢で近づくなんて論外だ、上から下になんて一番殴りやすいポジションだろうが！」

「でも、何かほっとけなくて」

手塚に土下座しろと怒鳴っておきながら、実際手塚が土下座したら威勢をなくした。

弱いのに毎日流し込む安い酒。

見るに忍びない。

「問題利用者のあしらいには注意が要る、それは確かだ。だが、いちいち思い入れしてたら身が保たん。反感は持たすな、しかし距離は保て。必要以上に距離を詰めることは今後許さん」

「はい……」

そして、堂上が何故そんな注意を厳しくしたかを郁は程なく思い知ることになった。

＊

手塚がターゲットに土下座して二日ほど経ったある日である。

児童室から保護者が子供を連れて出てきて、近くで配架をしていた郁に声をかけた。

「あの、すみません。いつもの……」

もう子供を連れてくる母親たちの間にも知れ渡っている。例のターゲットだ。

「分かりました、すぐに誘導かけますので」

児童室に入ると、その目的と用途にそぐわないアルコール臭が鼻を突いた。カーペット敷きの、幼児が座って本を読むためのスペースを占領してターゲットがいびきをかいている。

姿勢は上から。堂上の教えを守って郁はターゲットに近づいた。そしてできるだけ事務的な、しかし突き放してはいない口調と表情を保って揺り起こす。

「すみません、起きていただけますか。子供たちが利用できませんので」

何度か揺するとターゲットはうっすら目を開けた。そして郁と目が合う。

「ああ、あんた……」

そして次の瞬間、ターゲットの挙動は完全に郁の予想を超えた。

「ひっ……!?」

酔っ払いが目覚めたばかりと思えない勢いで、ターゲットは郁に抱きついてきたのである。

これが暴漢で攻撃だったら即座に反撃して手錠までかけていただろう。だが、抱きつかれたというべきかすがりつかれたというべきか、ともあれ攻撃以外の挙動を食らって、郁の動きは完全に止まった。

「あんたか〜〜〜〜あんたが来てくれたか〜〜〜〜〜〜」

「キャアッ！　困ります、ちょっと！」

どうしよう、暴力振るわれてないのに実力行使していいの⁉　こういう場合はどうすれば⁉　後で問題になったりしない⁉

先日土下座をした手塚の姿が思い浮かび、それが行動を縛った。

混乱しているうちにますます絡みつかれ、腕が使えない状態になる。

「いやっ！　離してください！　離して！」

「俺の気持ちを分かってくれるのはあんただけだ〜〜〜〜」

と、力尽くで郁がターゲットから引き離され、人を殴り飛ばす鈍い音が響いた。カーペットの上にターゲットがぶっ倒れる。

「そういうことは女が席につく飲み屋ででもやってろ！」

堂上の怒声が部屋に響き、カーペットの上に倒れた男に手錠をかける。

「施設内猥褻《わいせつ》行為現行犯だ！　立て！」

そうか、あたしが抱きつかれたらそういう理由で反撃可能だったのか、と今さら思いつく。

「笠原ッ！　親告罪で調書を作るぞ、来い！」

「ま……待ってください！」

郁は抱きつかれて乱れたスーツを手早く直して立ち上がった。

「先に特殊部隊事務室に連行してください、事情を聞いてから……」

「事情なんか聞く必要はない！　お前が受けたのは痴漢行為だぞ！」

「そうです、痴漢行為を受けたのはあたしです！　だから親告罪で訴えるかどうか決める権利はあたしにあります！」

堂上が露骨に苛立《いらだ》った顔をした。だが、郁も引かなかった。

「事情を聞いてからあたしが決めます！」

「何でこんな奴を庇《かば》うんだ！」

「それが笠原さんだからでしょ」

割って入った穏やかな声は小牧である。

「とにかく当人の意向を優先しよう」

堂上は苛立たしげに舌打ちしたが、男を連行して児童室を出た。


取調べ室となったのは玄田も同席した隊長室である。

ターゲットは連行される間に涙でぐしゃぐしゃの顔になっており、自分の父親に近いような年の男性がこんなザマになっていることが郁にはいたたまれなかった。

「うちの隊員に痴漢行為を働いてくれたそうだな」

玄田の第一声にターゲットはうなだれたまま「すみません」と呟いた。

「こんなハイリスク・ローリターンな女によくもまあ」

「隊長！」

堂上が噛みつくが玄田は意にも介さない。

「事実だろうが。これがこいつにあんまり縁のない痴漢行為だったからとっさの判断に迷っただけで、攻撃だったらこの男は投げ飛ばされて骨の一本もいってるかもしれんぞ」

「そういう問題ではありません！」

「ともあれ猥褻行為による親告罪というカードを持ってるのは笠原だ。笠原の好きに使わせろ。一番簡単なのは警察に突き出して図書館出禁にすることだがな」

そうはしたくない、と思ってしまうのは自分が甘いのだろうか。郁はちらりと堂上を窺《うかが》った。

堂上は怒ったようによそを向いている。

名前から順に訊いていった。

川藤保久《かわとうやすひさ》、五十三歳。既婚、家族構成は妻と子供が二人、大学生の長女と高校生の長男。

「あたしが痴漢行為を訴えたらご家族はめちゃくちゃになってしまいますよね。それは心して答えてください」

手塚に土下座をさせて、そんなことさせたくなかったよねと訊いたときに肩が揺れた。その気持ちは本当だったと信じたい。

「どうして、酔っ払って図書館に通い詰めてたんですか？」

「……他に……行く場所がなかったんです」

年末にリストラを受けて。

家族に言い出せず。

年が明けてもまだ言えず。

ごまかしてスーツで家を出るが店に入ると金がかかる。

金がなくても入り浸れて寒くないのは図書館しか思いつかず。

「お酒に逃げても何の解決にもならないことは分かってるんでしょう？　図書館で他人に迷惑かけて、隊員に土下座させて、それでも次の給料日には家族に事情が分かっちゃうんですよ」

「あんたたちは……仕事があるからそんなふうに言えるんだ」

堂上が詰め寄ろうとしたのを小牧が横から押さえた。

「それでも、図書館の利用者や図書館関係者に迷惑をかけながら自分勝手に施設を使う権利はあなたにないんです。税金で作ったくせにって言いましたよね。だけど、あなたの税金だけで作った施設じゃない。土下座した彼だってあなたの税金だけで雇われてるわけじゃないんです。どうしてあのとき彼が土下座したか分かりますか？」

川藤と名乗った男はもう答えなかった。

「理不尽でも悔しくても、あそこであなたの要求を飲まないとあなたはどんなめちゃくちゃな難癖をつけてくるクレーマーになるか分からない。だからです。そんな奴だと思われたんです。

あたしだったら、自分のお父さんがそんな奴だと思われるような人間だったら悲しい」

あのとき理不尽を噛み殺して土下座した手塚は立派だった。だからこそ、自分の父親のような年代の男性が手塚に土下座をさせたことが情けなく、いたたまれない。

だらしなく甘えて郁にすがりついてきたことも。

「私は図書隊員でもありますが、あなたの痴漢行為の被害者でもあります。だから、公私混同かもしれませんが、二者択一にさせていただきます」

郁は川藤を見据えた。

「きちんとご家族と話をして、図書館に二度と泥酔その他で迷惑をかけないか。痴漢の現行犯で今から訴えられてご家族をめちゃくちゃにするか」

選ぶ余地もない二択だった。川藤が蚊の鳴くような声で呟く。

「家族と……話をします。図書館にはもうご迷惑をかけないように……」

「一つ条件を追加させてもらう」

口を挟んだのは堂上だ。

「こいつに痴漢行為をはたらいた調書は念のために作らせてもらう。今後、図書館にまた迷惑をかけるようなことがあったら、今度こそ調書を元に猥褻行為で訴えさせてもらう」

調書を作ったあと、川藤は手塚にも曖昧《あいまい》な謝罪を残して帰っていった。手塚は完璧《かんぺき》に事務的な態度でそれを受けた。快く許せというのは図々《ずうずう》しすぎる話である。

「まあ、なかなかの処置だったな」

玄田がわしわしと郁の頭をかいぐった。堂上と違って首がもげそうになる勢いだった。

業務部では川藤が図書館を出るや用意してあった『泥酔者・禁止薬物使用者の入館お断り』の看板を出したそうである。

課業が終わると、堂上が不機嫌な顔のまま更衣室の外で待っていた。

郁と目が合うと歩き出したが、堂上からは一切話しかけない。

沈黙の重さに負けて、郁から口を開いた。

「……すみませんでした」

「問題利用者にいちいち思い入れをするな。迂闊《うかつ》に親しみを感じさせるな。特にお前は。――どういう意味か分かったか？」

ハイ、と答えて肩を縮める。

「たとえハイリスク・ローリターンだろうがお前は女だ。自分の性別を忘れるな。問題利用者にうっかり親身にしてストーカー化された例もあるんだぞ」

「す、すみません。でも……」

川藤の事情は、多分そんなところだろうと隊の全員が思っていた事情だった。

そして誰でも利用する権利があるはずだと図書館に通い詰めながら、気の小ささが聞こえるはずのない声を聞く。

こんな昼間からいい年した親父が図書館に入り浸って。

営業でもさぼってるのか。

みっともない。

仕事がないのか。

リストラでもされたのか。

だったらこんなところにいないで仕事を探せばいいのに。

素面《しらふ》で図書館に居続けることも叶《かな》わず、苦手な安酒を呷って酔いに任せて図書館に入り浸り、

俺は納税者だと声高に権利を叫ぶ。

だが酒が切れそうになると、人気の少ないところで虚《うつ》ろな目をして安いパンをかじり。

「あの人、これからどうなるんでしょうね」

「お前はまた！」

「ごめんなさい！　でも……」

平均的な会社の年末年始休みも終わって、一週間近く経つ。その間、リストラされたなどという重大なことを家族に言えないなんて。

俺の気持ちを分かってくれるのはあんただけだ。

それは酔っ払いの常套句《じょうとうく》なのかもしれないが。

「家庭、うまくいってないのかなって……」

「そんなことは俺たちが心配したって仕方がない」

堂上は吐き捨てたが、しばらくして付け加えた。

「だけど、お前はそういう奴だから仕方がない。だから不本意だが認める。あのターゲットは幸運だった。図書隊員に猥褻行為を働いて新聞沙汰《ざた》になったり家庭がめちゃくちゃになったりせずに、家族にリストラ食ったことを真っ当に話す機会を恵まれたんだ。たとえ家庭がうまくいってないとしても、前者よりは後者のほうが圧倒的にマシだ。そしてその措置を与えたのはお前だ」

何でそんな奴を庇うんだ。

苛立った堂上をなだめた小牧の台詞《せりふ》は「それが笠原さんだからでしょ」だった。

「俺が好きになったのはそういう女だから仕方がない」

自分に噛んで含めるように堂上はそう言った。

顔が赤くなるのが分かって郁は俯いた。

「そのスーツ」

ここのところ館内警備でスーツばかりだったので、更衣室には予備のストッキング（捕り物の可能性があるので必須《ひっす》用品だ）や化粧道具、寮の鍵を入れた鞄《かばん》を置いておくばかりだった。だから今日もまだパンツスーツは着替えていない。更衣室には鞄を取りにいっただけである。

「帰ったらすぐ脱げ。そんでクリーニングに出しとけよ」

怒ったような堂上の声はもうプライベートの声になっている。

気まずいが怒ってくれることが嬉しくもあるようなないような――郁は首をすくめて小さくハイと返事をした。

＊

寮に戻って、すぐに堂上の言うとおりクリーニングの受付けにスーツを出した。

そしてその晩のことである。

「そりゃあもう、その場でスーツ引っぺがしたいくらいだったでしょうよ、彼氏としては」

柴崎がコタツに潜りながら分かったふうに言う。

「他の男、それも酔っ払いのおっさんにべたべた抱きつかれた服なんてさ。それも彼女のほうは変に温情措置を執りたがるし」

「温情措置っていうか……いたたまれなかったんだよ何か。あたしの親とほとんど変わらないくらいの年なのにって」

「そんな年の親父がキャバクラなんかで自分の娘みたいな年頃の女の乳揉《も》みながら説教したりしてんのよ」

「別に乳は揉まれてないっ！」

「揉まれるほどなくてよかったわね」

「そこか、結論そこに持ってくか！」

柴崎はしれっと郁の抗議を無視してみかんを剝《む》いた。

「まあ、あんたらしいって言えばあんたらしいんだけど」

柴崎は小牧と似たようなことを言った。

「彼氏の気持ちも少し考えてあげなさーい。大事にしてる彼女が自分以外の男に抱きつかれるなんて相当腹の煮えることだわよー」

そこを衝《つ》かれると痛い。

「……次から気をつける……」

「まあ、新春の珍事ってとこだったわね。手塚も土下座までしたそうだし」

「手塚に訊いたの？」

「まさかぁ。奴はそんなこと言いふらして溜飲《りゅういん》を下げるタイプでもないでしょ。利用者の前に出すのが憚《はばか》られるような物騒な顔で戻ってきたから、裏方仕事に回したのよ。そんで小牧教官に事情訊いた」

「……偉かったよ、手塚」

「知ってるわ」

柴崎は当たり前みたいに答えてみかんの房を口に放り込んだ。

「上官の教育の賜物《たまもの》か本人の資質かは分からないけど、大した奴だと認めないと不当なくらいには大した奴だわね。大した奴になった、と言うべきか？」

そして柴崎がにっこり笑って郁の頭を撫《な》でる。

「もちろんあんたもよ」

「付け足していただかなくて結構よっ！」

郁が柴崎の手を振り払ったタイミングで、郁の携帯がメールの着信を短く鳴らした。

液晶に出た名前は堂上だ。


外に出られるか。


用件はその一言で、少し迷った。服どうしようかな。外ってどの程度の外だろう。コンビニだったら着替えたいけどちょっと話すくらいならジャージでいいかな。

時間は十時を回っているし、基地の外へ出るとも書かれていなかったので、寮の中で使っているフリースをジャージの上に羽織る。

「どうしたの？」

「ん、ちょっと呼び出し」

さりげなく言い置いて郁は部屋を出た。

共同ロビーのソファで待っていた堂上は、郁の姿を見るなり腰を上げた。

「お待たせしました、何か」

「外出るっつっただろ」

堂上の側もジャージに寮内でいつも着ているフライトジャケットだ。

玄関にいくつか揃えてある共用のサンダルを突っかけ、堂上が玄関を出た。

散歩かな？　いや、散歩に引っかけてお説教はあるかも。

警戒しながら郁も続く。

基地の中には戦闘時の目隠しや監視避《よ》けも兼ねて意図的に木をたくさん植えてあるので、夜になると木々が光を吸って闇が濃くなる。

寮を周回するコースに入り、足元がそろそろ見えづらくなってきたころ、
急に建物の壁に背中を押しつけられた。

やっぱ説教⁉　びくっと竦《すく》んだ郁の襟を摑《つか》み、堂上がわずかに下に引き寄せた。

そして、——唇が重なる。

一瞬離れて、ほとんど重ねたままで堂上が低く呟いた。

「他の奴らもやってること、俺たちがやって何が悪い」

ものすごい開き直りの宣言が来た。逃げ腰になる前にまた塞《ふさ》がれる。

長い。息の仕方が分からない。正確には違う。声をこらえながら息をする方法が分からない。

息を詰められなくなって一呼吸忍ばせると、自分のものとは思えないような声が漏れた。堂上の舌はもっと激しくなって、気がつくと自分もぎこちなく応《こた》えている。

かすかな足音が聞こえた。慌てたように忍ばせて去っていく。——まるで先日郁が喘ぎ声を聞いて足音を忍ばせたように。

あのときは他人事《ひとごと》のように思った。

そうだよねー、寒くたってキスしたいもんねー。——そうよ。好きな人とキスしたくて何が

悪いのよ。

　堂上が始めて、堂上が終わらせた。

　唇が離れた瞬間、膝から崩れ落ちそうになって堂上にすがりつく。自分より微妙に低い肩に額を載せる。

「何で……こんな、急に」

「お前が言ったんだろ。欲しいもの」

「え、いつ」

「俺の実家で倒れたときだ。二人で写真を撮りたい、指環《ゆびわ》は要らない、でも一番はもっとキスがしたい」

「えっ」

　郁は思わず堂上の顔を見直そうとしたが、まだ足元が頼りない。また堂上にしがみついた。

「言った覚えは……！」

「全部だだ漏れで呟いてた」

　うわあ。体中が熱くなった。あの身《み》も蓋《ふた》もない欲望の羅列がそのまま！

「そんで、その一番はこっちも思ってないとでも思ってるのか」

　それ、すごい殺し文句です。

　そう返すのがいっぱいいっぱいだった。

三、「触りたい・触られたい二月」

＊

「もうすぐバレンタインかぁ。そろそろ付き合って半年経つんだっけ？」

寮で柴崎《しばさき》に訊かれ、郁《いく》は照れ隠しがてらコタツ布団に目を落とした。

「う、うん……」

正確には七ヶ月だ。

「一般的にはもうすることしてておかしくないくらいの期間だけど……」柴崎はそこで一旦《いったん》首を傾げ、「もうした？」

あけすけな野次馬モードの直球だ。

「キ、キスはしてるよ」

「してなかったらびっくりするわ、そんなもん！　あたしが話してんのは高校生か！」

柴崎から激しいツッコミが入った。

「呼び出されて毎回叱られてるだけとも思えないしね～」

ばれてる！　この言い方は確実にばれてる！　郁はますます肩を縮めた。

キスについては堂上《どうじょう》の開き直り以来あまり不自由しなくなった。デートの帰りに堂上の実家に寄り、ついでに堂上の部屋に上がることもある。静かじゃない静佳《しずか》さんが実家暮らしだったらとても無理だろうが、彼女も一人暮らしなのでまずかち合う心配はない。そんなときはそれ

「そ、それは……両方。場合によりけりっていうか」

「そんで、堂上教官はどうなのよ。激しいんでしょーか優しいんでしょーかっ」

垣間《かいまみ》見せた素を後悔するように柴崎はまたからかうような饒舌《じょうぜつ》になった。

これだけ美人なら恋愛で不自由することなどなさそうなのに。

もしかして。――これは柴崎が滅多に見せない素だろうか。

もんなのかしらって」

からシアワセそうなサンプルと同室だといろいろ訊きたくなるの。恋ってそんなにシアワセな
ってしたことなくってさ。何ていうかこう、経験値だけ？　みたいなね。そんなわけで、見る
「……って言ったら気を悪くするかもしれないけど。あたし実はあんまりシアワセな男女交際
「ちょっとぉ！」

「好奇心」

と抗議すると、柴崎はふいと視線を横に逸《そ》らした。

「何でそんなこと訊くのよぅ！」

ようやくみかんを握《にぎ》り潰《つぶ》さずにキャッチすることに成功し、
お手玉することになった。

ものすごく抽象的で、それでいてものすごく大胆なことを訊《き》かれて郁は剝《む》きかけのみかんを
「激しい？　優しい？」

なりに遠慮なく――しかしほどほどに切り上げる。

キスは激しい。触れる手は優しい。

「もっと先までしてみたいとか思ったりしないのー？」

「思わない……ことはない、んだけど……」

郁はヤケクソでまくし立てた。今さら柴崎相手にかく恥はない。

「経験値ないから恐い！　以上！」

「そーか、純情乙女の純粋培養でその年までいくとそーゆう弊害があるか」

「悪かったわね！」

「強引にされそうになったことってないの？　恋人同士で合意だったらある程度アリなプレイだと思うんだけど」

「素人未婚女性にプレイとか言うな――――！」

激しくて優しい。すくんだだけでは止まらない。だが、郁が怯《おび》えると止まる。

一度、堂上の実家に寄ると両親が留守だったときがあった。携帯で連絡を取ると父親の会社の社員旅行に妻同伴で参加しているとのことだった。

その事情を説明されてから、どうする、と訊かれた。上がるか、と。

断る理由はなかった。ご両親がいないならいつもより声気にしなくても大丈夫かな、などとそんなことしか考えていなかった。

両親がいない家に上がるのは、むしろ堂上のほうが躊躇《ちゅうちょ》していたような気がする。

二階の堂上の部屋に上がって、いつもは掛ける鍵《かぎ》を堂上は掛けなかった。

腰掛ける場所はベッドしかない。いつもは懸命に殺す声だが、そのときは恥じらいがこらえさせる程度にしかこらえなかった。だって家に誰もいない。

そしてキスも今までになく長かった。声もこらえることがどんどん難しくなって、突然右肩を軽く押された。支えがなかったので、呆気《あっけ》なく後ろに倒れた。天井の木目が正面にくる。

頭の横に堂上が手を突いた。堂上を上に見上げる姿勢になって、堂上は郁を上から見つめた。

どれだけそうして見つめ合っていただろうか。

この先はどうなっているのか。堂上はどうするつもりなのか。

そして自分がそこから先を知らないことに気がついた。

恐い。

そう思った瞬間、堂上が郁の手首を摑《つか》んで引き起こした。

帰るか。訊かれて頭の中がぐちゃぐちゃになった。ほっとしたのと同じくらいがっかりして、がっかりしたのと同じくらいほっとしている。

だが、堂上の出した選択肢に頷《うなず》くだけしかできなかった。

「ああー、そうかッ！　そこであたしの心情を気遣わない男としか付き合ったことがないのがあたしの敗因かっ！」

柴崎が頭を掻きむしった。

「し、柴崎はそうだったの？」

「あーもう最初っからしてそうよ、こんだけ目立つ美人なら未経験ってこたァないだろうって最初の男からして思い込んでたし！　そうなったら、実は処女です恐いので時間くださいとか言える訳ないでしょー⁉」

「友達として一言言う、それはそこで事実を言えないあんたの無駄なプライドが敗因だ」

「純粋培養乙女二十六歳に恋愛問題で説教された！　屈辱ー！」

「うるさい意地っ張り！」

ぎゃーぎゃーうるさい言い合いが終息してから、柴崎がほぅっと溜息《ためいき》を吐《つ》いた。

「しっかしそれ、堂上教官も相当攻めあぐねてるわね。手強《てごわ》いわー、二十六歳純粋培養乙女・茨城県産」

「農作物みたいに言うな！」

反駁《はんばく》してから郁は肩を縮めた。

「堂上教官は……やっぱり、そういうこと……」

「したいに決まってんでしょ。相手三十過ぎの大人の男よ。しかもキスならいくらでもしたいくせにその先は恐いからイヤ、とか何の生殺しよそれ」

いや、でも育てゲーみたいで逆に萌《も》えるか？　柴崎が真剣な表情で腕組みする。

「育てゲーとか言うなー！」

「大丈夫よ、あんたいわゆる萌えキャラには絶対なれないタイプだから、変なプレイに横滑りすることもないわ」

「だからプレイ言うな！」

と、そのとき部屋のドアがノックされた。

「もしもし、いるー？」

「どうぞー」

二人で応《こた》えると、知った顔の先輩だった。片手にクリップボードを抱えている。

「毎年恒例のアレだけどさー、今年は二人ともどうするの？　笠原《かさはら》は三年目にして初参加？」

「あ、はいはい出ます！」

毎年バレンタインデーを前に寮で開催されるレクリエーションである。寮内サークルの一つに家庭部があり、ここがバレンタインの手作りチョコを作るイベントを催すのだ。

「じゃあ笠原参加……と。参加費千五百円かかるからよろしくね。柴崎は？」

「笠原と違って渡す相手がそもそもいませーん」

「はいはい、柴崎は例年どおりと……」

ところで、と郁は上目遣いに先輩を窺《うかが》った。

「今年、あたしでも作れるようなやつですか？」

「大丈夫、このイベントは入部募集も兼ねてるからね。誰が作っても絶対失敗しないメニューでローテーションしてるの。もちろん誰が作ってもっていうのにはあんたも入ってるから安心なさい。ベテランが付きっきりで面倒見る予定だから」

「……何か微妙に見くびられてる感を覚えるんですが気のせいでしょうか」

「このイベントで失敗者出したら家庭部の沽券《こけん》に関わるのよ。入部者数にも影響するし。今年はあんたが参加してくるのも読めてたから対策はバッチリよ」

「ああっ言外に肯定された⁉」

「参加費徴収、今いける？」

先輩は郁の泣き言をしれっと無視して話を進めた。

郁はいじけながら財布を取り、千五百円数えて先輩に渡した。五百円をすべて百円玉で渡したのは小さな嫌がらせである。ちくしょー小銭で苦労しやがれ。

「あ、ありがと。お釣り足りなくて困ってたから助かるわ」

小さな嫌がらせも不発に終わり、先輩のほうが一枚上手だった。

*

「そろそろ付き合って半年経つんだっけ？」

そう尋ねたのは堂上の部屋に酒持参で転がり込んできた小牧《こまき》である。堂上は一人でも飲むが、小牧は誰かと飲むという雰囲気が好きらしく、自分が飲みたくなるとこうして堂上の部屋に酒を持ち込んでくる。

「正確には七ヶ月だ」

「進展の具合は？」

「……そっちは」

「うちはもう親も公認だし、やっと二十歳も超えてくれた……った」

小牧がのろけがてらか相好を崩す。

「いくら駄々捏ねられても未成年にはちょっと手ェ出せないし。でもまあこっちがこんな仕事だから簡単に遠出もできないし、たまにデートがてら都心でちょっといいホテル泊まるくらいかなぁ」

「意向のすり合わせができてる分ラクだよな、そっち」

「……二十代半ばを超えた女性と付き合ってて意向のすり合わせができてないなんて恐ろしい話が……」

「あるんだよ、恐ろしいことに！」

堂上は缶ビールを呷《あお》ってもう空だったことに気づき、次の一本を開けた。

「正直、どこまで手ェ出していいか分からん」

お膳《ぜん》立《だ》てされたような機会なら一回あった。普通の女ならそのまま最後までいくような流れだった。

軽く肩を押すと驚くほど呆気なくベッドに倒れて、――何が起こったのか分からないような顔をした。そして、
怯えた。

「あんな顔されて手なんか出せるもんじゃねえぞ」

「そこで手ェ引いちゃう辺りが優しいんだか弱気なんだかって感じだよね」

　小牧が苦笑する。

「慣れてないならちょっとずつ慣らしていく手もあるじゃん。笠原さん相手だと正にじゃじゃ馬慣らしって感じだけどね」

「うるさい」

　堂上は不機嫌に頬杖《ほおづえ》を突いた。

「逃げられるのが一番恐い。悪いか」

「経験ない分リードが要るかもしれないよ」

「それは様子見ながら考える」

　すくむのはOKのサインだ。だから遠慮しない。だが怯えられるのはきつい。

　くそ。いい声で鳴くだけ鳴きやがってどこまで我慢させる気だ。

　彼女みたいなのも男泣かせっていうのかな。

　小牧がそう言って笑った。

＊

　二月十四日、バレンタインデーの当日。

堂上が事務室に入ると、戦闘服姿の郁が共同の菓子鉢に徳用袋のキットカットを盛っていた。

今日の堂上班のローテーションは訓練である。

「おい笠原ー。まさかそれ義理チョコじゃないだろな」

他の隊員に訊かれて郁はしれっと答えた。

「そのまさかですが何か？」

「潤いなさすぎだろそれー！　せめてコンビニのバレンタインチョコでもいいからさー」

「士長《しちょう》の手取りがいくらだと思ってて、特殊部隊の男女比がどれくらいと思ってるんですか⁉

他の隊は女子で割り勘できるけどあたしは一人なんですよ！　一人で五十数人分も義理チョコ用意できますか！」

郁は言いつつ徳用袋をあと二つ出した。

「足りなかったら各自で開けてくださいね。隊のお茶菓子いつも共同出資なのに今回はあたしが一人で負担したんだから！」

「つってもお前なー」

「毎年のことで文句言わない！　文句ある人は食べなくていいです！　そもそもたとえお徳用のチョコでも今まであたしにホワイトデー返してくれた人がいるんですか！」

郁にぴしゃりとやっつけられて、バレンタインデーが過ぎたらホワイトデーなどという行事は都合よく忘れ去る隊員たちは、ブツブツ文句を言いながらも郁の盛ったキットカットを取りに来た。一応女子隊員からの義理チョコということで欲しいことは欲しいらしい。

「余ったら子供に持って帰っていいか？」

「早い者勝ちでお好きにどうぞ！」

「俺も一つもらうかな」

堂上が声をかけると、郁の肩がびくっと竦《すく》んだ。

「おっ、おはようございます、どうぞ！」

「堂上にはどうせ本命チョコが用意してあるんだろ、やるなやるな」

「あんたたちは心が狭い！」

一喝した郁が堂上に向き直った。微妙に伏し目がちなことが気になった。

「あの、お茶菓子兼用ですから。お好きにどうぞ」

「ん、もらう」

堂上は菓子鉢から見慣れた赤い包装のチョコレートを一つ取った。

「彼女持ちなんかに食わすな、野郎ども食い尽くせ！」

「だからあんたたちはー！」

「彼女持ち食えないんだったら俺も食えないんですか？」

声をかけたのはやはり戦闘服で出勤してきた小牧である。悪ノリの隊員たちが答える前に郁が喚《わめ》く。

「食べてください、勝手にこの人たちが言ってるだけです！　単なる義理チョコなんで気兼ねなくどうぞ！」

「効率的な義理チョコだね」

小牧は笑いながらキットカットを一つ取った。

「聞きました!? 小牧教官のこの見事なソツのない感想! 本命チョコをくれる彼女が欲しい独身隊員は見習えばどうですか!?」

「おまっ……言うてはならんことを……!」

いつものように騒ぐ郁を見ながら、堂上はパッケージを切ったロングセラーのチョコレートを咥《くわ》えて折った。

微妙な伏し目は気のせいだったかもしれない。そのときはそう思った。


課業が終わり、堂上が着替えて更衣室を出ると郁が少し先の通路で待っていた。

「お疲れさまでした!」

郁が笑顔で駆け寄った。そして腕に提げていた小さいほうの鞄《かばん》を探る。汗まみれの着替えを持って帰るためにスポーツバッグを肩にかけているのは訓練日のデフォルトだ。

郁が貴重品入れに使っている小さな鞄から取り出したのは、きれいにラッピングされた小箱である。

「あの、これ……バレンタインデーなので」

言わずもがなのことを言いながら堂上に差し出す。

「生まれて初めて手作りしたんです」

「……出来のほうは」

多少からかい口調で訊くと、郁は生真面目に答えた。

「大丈夫です、女子寮で家庭部の指導の下に作りました！　あたしにはベテランの部員が一人つきっきりだったので安心してください！」

「女子寮でのお前の位置づけが見えるな」

苦笑しながら箱を受け取る。手が触れた。触れた瞬間――

息を飲むような小さな悲鳴が上がり、郁が怯えたように手を引いた。堂上はまだ箱をきちんと摑んでおらず、きれいに包まれた箱は二人の手の間で一瞬踊って逆さまになって床に落ちた。

「あ……」

郁は自分のほうが傷ついたような顔をして堂上を見つめ、その場に立ち尽くした。

「す、すみません！」

慌てた様子で郁が箱を拾おうとしゃがみ込む。金縛りが解けたように。

堂上は一歩早く箱をさらった。

「何も謝るようなことしてないだろ」

そこで謝られたら俺がきつい。

「ありがとな。生まれて初めての手作りだそうだし、大事に食わせてもらう」

部屋に戻って開けたチョコレートはトリュフだったので、逆さまに引っくり返っても中身は壊れていなかった。

一つつまんで口に運ぶ。ベテラン部員がつきっきりだったというだけあってなかなかの出来だった。

だが。

……あれほど巻き戻るようなことをどこかでしただろうか。手が触れて怯えられるほどの。

「少し距離置くか」

呟《つぶや》いて堂上は二つ目を口に運んだ。

＊

ベッドに俯《うつぶ》せに倒れたまま、郁は微動だにしなかった。

あたしサイアク。

床に引っくり返って落ちたチョコレートの箱。

それを郁より早くさらった堂上はやっぱり優しい。

堂上教官は……やっぱり、そういうこと……

したいに決まってんでしょ。相手三十過ぎの大人の男よ。しかもキスならいくらでもしたいくせにその先は恐いからイヤ、とか何の生殺しよそれ。

薄々気づいていて気づかない振りをしていた。

我慢させている。

薄々気づいていたのは自分も激しいキスのその先に興味があったからで――でも興味のあるあたしはいやらしいと思われたりしない？

保身が先に走って勝手に自分の中でぎくしゃくしはじめた。

あの手で触られたいとか、――あまつさえもっといろんなことをされたいとか、そんなこと考えてるのがばれたらどうしよう！

挙句、初めて渡したバレンタインのチョコレートを手が触れただけで動揺して落とす有り様だ。手が触れてあからさまに動揺した、そんなことになってからもっと重大なことに気づく。

嫌がってると思われたら？　避けたと思われたら？

だって付き合って初めてのバレンタインで、手渡すはずのチョコレートを床に落とすなんて最悪だ。堂上だってきっと傷ついたに違いない。

違うのに。

こういうのって誰が自然にOKくれるの。誰が自然な流れをくれるの。

「ねーちょっと、帰ってるなら何で電気点《つ》けないのー？」

柴崎が部屋に入ってきて不審そうに電気を点けた。

「わっ、やだ何で泣いてんのあんた！」

「だって堂上教官に渡すチョコレート落としちゃったんだもん〜〜〜〜〜！」

「はぁ？　だって昨日ラッピングまできれいに済ませて持って帰ってきたじゃない。何、堂上教官がその場で開けて引っくり返したとか？」

「違うの〜〜〜〜〜〜！」


柴崎は一通り話を聞いて、眉間《みけん》にシワを寄せた。

「それはまた……むごい真似を」

「やっぱり傷つけた!?　傷つけたよね!?」

「あー、でも先に指摘しとく。何であんたがそんな複雑怪奇な貞操観念に縛られてるか」

郁が首を傾げると、ベッドの隣に座ってくれた柴崎が郁に指を差した。

「ずばり、お母さんの呪縛《じゅばく》」

ぎくりと体が硬直したのは、思い当たる節があったからだ。

「女の子はキレイな体でお嫁にいきなさいとかあんたのお母さんいかにも言いそう。婚前交渉なんてとんでもありません、みたいな」

「で、でもあたしそんなの真に受けてなんか」

「ホントに？　彼氏にキス以上をねだったらふしだらだと思われて嫌われないか、とかバカな不安持ってない？」

あっさり言い当てられて郁は沈黙した。

「マインドコントロールは気づいてないからマインドコントロールなのよ。あんた的にはキスまでなら『お母さんの言いつけ』をギリギリ守ってることになってんのよ」

でも、と柴崎が続ける。

「キスがセックスの代償行為になっちゃってる以上、もう『言いつけ』は破られてんの」

「だっ……、代償行為とかっ」

「違うの？」

言いつつ柴崎が思い切りよく服を脱ぎ、ジャージに着替えはじめた。女でも見とれるような見事なラインが惜しげもなくさらされる。

「そんなわけであたしのあげられるヒントはここまで。後は自分で頑張りなさーい」

そして柴崎は鞄から小さなお菓子を取り出してジャージのポケットに突っ込んだ。後ろ手に郁に手を振り、部屋を出ていく。

「柴崎、ごはんとお風呂《ふろ》っ……」

「その泣き顔落ち着くまで外に出られないでしょ。少し休んどきなさい、あたしも時間潰してくるから」

「……ありがと」

歯に衣《きぬ》着せないけれど柴崎は優しい。そう言うときっと本人は不本意なのだろうが。

＊

　柴崎がお菓子をロビーでつまみながら雑誌をめくっていると、上から影が差した。見上げると手塚《てづか》である。

「何だ。バレンタインに自前でそんな安いチョコ食ってんの？　お前」

　柴崎が食べていたのは昼飯の調達のときコンビニで買ったチロルチョコの詰め合わせである。

「女がバレンタインにチョコ食ってたら悪い？　けっこう好きなのよ、チロルチョコ。最近色々種類出てておもしろいなーって。塩バニラとかおいしいのよ、意外と」

　あんた何読みに来たの、と話を振ると、手塚は夕刊を何紙か取り上げた。

「タダで複数チェックできるのは役得だよな」

　言いつつ柴崎の向かいに座る。隣には座らないのが何となく恒例になっている。

「あのさぁ、堂上教官に課業後会った？」

「いや？　笠原と一緒に帰ったんじゃないの」

「あ、そう」

　……こんなこと気にかけるのあたしのキャラじゃないんだけど。

「機会があったらでいいんだけどさぁ」

　……やっぱキャラじゃないか。

「……やっぱり何でもない」

「何だよ、気になるじゃないか。言えよ」

「……堂上教官にさぁ」

「うん？」

「笠原あんたにラブラブで目も当てられないくらいですよ、とか言っといてあげたりとかってさぁ……」

手塚が慄《おのの》いたように背もたれに勢いよく背中をぶつけた。

「な、何だその脈絡のない依頼は⁉　あの二人何か喧嘩《けんか》でもしてるのか⁉」

「いや、違うんだけど。ちょっとすれ違いそうな気がしないでもない。でもそれ堂上教官にはまったく非のないことで、むしろ純粋培養純情乙女・茨城県産が問題だったりするので、気を長く見守ってやってくださいとか」

「意味が分からんっ！」

「じゃあいいわ。こういうことは逆に他人がちょっかい出さないほうがいいかもしれないし、あんたに話振るのは明らかに人選間違いだわね。小牧教官捉《つか》まえるべきだったかなー」

「どうせ俺は役に立たないよ、こういうことでは！」

むくれた手塚に柴崎はふと問いかけた。

「そういえばあんた、チョコレートもらわなかったの？　狙われまくりのはずだったけど」

「全部断った」

手塚がむくれたままで腕を組む。

「好きでもない女から数もらっても返すのが大変なだけだしな」

「わー、律儀というか融通が利かないというか。くれる子だってお返しなんか期待してるわけないでしょ」

「どこまで本気か知らないけど、物だけもらって無視するのは性に合わない」

「そんでそのストイックなとこが素敵、とかいってさらに人気上がるのよアンタ。同期で一番人気だものねー」

「迷惑だ」

頑《かたく》なな手塚に柴崎は苦笑した。手塚らしいといえば手塚らしい。

手塚がテーブルに広げた新聞の上に、食べかけのチロルチョコの小袋を放る。

「何だよ、邪魔すんなよ」

案の定怪訝《けげん》な顔をして顔を上げた手塚に、柴崎は腰を上げながら言った。

「あげる。好きなの全部食べちゃったし」

「食いくさしの処理役か、俺は」

言いつつ手塚は一番ベーシックなタイプを一つ剝いて口に放り込んだ。

柴崎が立ち去った途端、周囲の男どもが手塚に群がってきた。

「何でお前が柴崎さんからチョコもらってるんだよ!?」

「チョコって……あいつが好きに食い散らかした後片付けだろ」

「柴崎さんをあいつとか言うな、そして今日という日が何の日か知ってて言うのかそれを！」

「バレンタインだから何だってんだよ、たまたま柴崎の食いたい駄菓子がチロルチョコだっただけだろ」

「頼む！　一個百円で売ってくれ！」

あちこちから拝まれると今さらながら柴崎の『商品価値』を思い知る。

柴崎だったら逆の状況で容赦なく叩《たた》き売るだろうな、と思いつつ手塚はチロルチョコの小袋をジャージのポケットに突っ込んだ。

「一応人からもらったもんだ、勝手に売りさばくのは主義に反する。悪いな」

「畜生、他の女子隊員からのチョコは全部断ったくせにー！」

話が面倒くさくなりそうだったので、手塚は目を通すつもりだった新聞を畳んで席を立った。

＊

翌朝、郁は少し早めに特殊部隊事務室に顔を出した。今日も訓練なので戦闘服である。

昨日不満たらたらだったキットカットの徳用袋はちゃっかり全部なくなっていた。家庭持ちの隊員などが分けて持って帰ったらしい。

堂上は大抵始業時間の三十分前に来て事務室の一番乗りだ。

「お、珍しいな」

案の定、目算の時間どおりに堂上が来た。

「おはようございます」

「ああ、おはよう」

「あの、昨日の……」

食べてもらえましたか。郁が小さく訊くと、堂上は笑った。

「上等に美味《うま》かったぞ、ありがとうな」

そして反射のように上がりかけた堂上の手が、——途中で下ろされた。

いつもなら頭に軽く手が載っている間合いだった。

ああ、やっぱり。——やっちゃったんだ、あたし。

そして文句を言える筋合いはない。

いつもみたいに頭に手を載せてほしかったなんて。髪を撫《な》でてほしかったなんて。

それから数日の間、いつもならというタイミングで堂上の手はこなかった。

注意深く、郁に触らないよう気をつけているかのように。そして夜更けの呼び出しもぱたりと途絶えた。

喧嘩はしていないのにすれ違っている、それは一番よくない状態のように思われた。

一度郁から呼び出した。今から外に出ませんか。ものすごく思い切ったつもりだったが、夜の中で堂上がくれたのは重ねるだけの優しいキスだった。それも少し躊躇《ちゅうちょ》しているように。

どうすれば元に戻るのか郁にはもう分からなかった。

*

そんなある日、堂上班に館内警備のローテーションが回ってきた。

組み合わせは郁と手塚である。

その組み合わせも故意に避けられているように穿《うが》ってしまう。

「お前、堂上二正《にせい》と何か揉《も》めてんのか」

手塚が珍しくそんなことを訊いてきて、手塚に分かるくらい今の自分たちはぎくしゃくしているのかとまた落ち込む。

「揉めてるように見える？」

「いや。柴崎がそんなこと言ってたから」

柴崎なりに気を遣っているらしいが、こうしたことの根回し相手としては手塚は適切な人選ではないのではないだろうか。

郁の表情を読んだのか、手塚もふてたようによそを向いた。

「柴崎にも言われたよ。明らかに人選をミスした、小牧二正を捉まえるべきだったってな」

「あー……ごめん、心配してくれてありがとう」

どういたしましてと答えた手塚の声は微妙にふて腐れている。「心配しかできないけどな」と付け加えた声も。

「何かやったのか？　お前」

そんなことを訊かれても何をやったかなんて男友達には言えない。というか何か揉めたって言ったらあたしのほうが何かしたというのは基本認識か？

「何やったか知らないけど、堂上二正は怒ってないぞ」

そんなことで怒るような人ではない、そんなことは知っている。

「お前のことよく見てる」

郁は思わず手塚の横顔を見上げた。

「お前、なまじ体を動かせるからな。すぐ身体能力に任せて無茶するだろ。性格も無茶だし。挙句仕事してたら自分の性別忘れるしな。公私混同しないように苦労してる感じだけど、堂上二正、お前のことは本当によく見てるよ」

――糸が、切れた。

細く唸《うな》るような泣き声が喉《のど》で潰しきれずに漏れる。――上官としても、恋人としても、こんなに大事にしてくれる人にあたしは何てものを返したんだろう。

「ごめん、一瞬貸して！」

郁は手塚のスーツを摑みあげて胸元にどんと顔を押しつけた。

「うわやめろ、せめてワイシャツにしろっ！　女って化粧とかしてんだろ、スーツ汚すな！」

手塚はスーツが汚れることのほうを心配してじたばたしたが、せめてもの気遣いか物陰まで郁を誘導した。

手塚はワイシャツを諦《あきら》めたように郁のハンカチになっていたが、やがて溜息《ためいき》をついて片手の上がる気配がした。

「触んないで！　それ要らない！」

人のシャツをハンカチにしている分際で、だが郁は鋭くその慰めを拒否した。

髪に触ってほしいのは堂上だけだ。頭を撫でてほしいのも堂上だけだ。

と、急に手塚が焦った気配になった。

「おい離れろ！」

郁の反応を待たずに手塚は郁をむりやり自分から引っぺがした。

手塚の視線の先を振り向くと堂上・小牧組がいた。堂上の表情は静かで、その横では小牧が軽くこめかみを押さえている。

「なっ……泣き出したので自分が誘導しました！　かなり動揺してるようで……！」

手塚がフォローしてくれるのを聞きながら、郁は手塚に引っぺがされたまま固まったようにその場を一歩も動けなかった。泣き顔に繕いは効かない。

「し、柴崎が……その、二人の交際上、堂上教官には何も非のないことで、問題は笠原にあるから気長に待ってやってくれと言ってました！」

手塚の発言もかなり支離滅裂になっている。柴崎と手塚がどういう話をしたかは知らないが、少なくとも今話すことではない。

「ああ」

堂上は特に動揺した様子もなく頷《うなず》いた。

「俺もう何がきっかけでそこまでそいつを追い詰めたのか分からないんだ」

それだけ言って堂上は「笠原が落ち着いたら巡回に戻れ」と指示を残して立ち去った。

いつものように、背筋をまっすぐ伸ばした凛《りん》とした姿勢で。

公私混同しないように苦労してる感じだけど。

手塚がついさっきそう教えてくれた堂上が、仕事中にその一言だけとはいえ公私を混同した。

そのことが郁に堂上の感情の傷み具合を教えた。

余計に涙が止まらなくなった。

「し……仕事に戻る」

郁は割り当てられた巡回路をがむしゃらに歩き出した。

「おい、もうちょっと落ち着いてからのほうが……」

手塚が恐る恐るのように気遣うが、郁はぶんぶん頭を振った。

「戻る」

堂上をあんなに傷ませておいて、自分だけのうのうと休んでなんか。

と、そのとき館内中に響き渡るような火災報知器の警報が響き渡った。

『手塚、笠原！　公共棟最上階から利用者を避難誘導しろ！　防衛部からも館内警備が出てるからダブルチェック・トリプルチェックになるはずだ！　こっちは図書館棟を担当する！』

さっきの気まずい空気がなかったかのような堂上の揺るぎない指示が無線に飛び込んだ。

「火災の発生源は⁉」

手塚の端的な確認に堂上の返事もまた端的だった。

『現時点で不明！　分かり次第連絡する！』

そして館内放送で避難誘導が入る。早急に館外へ退避することと、非常口までの経路を示すライトの説明、エレベーターを使うなという指示がセットになって何度も繰り返される。

郁たちがいるのは三階でまだ煙の気配は来ていない。二人は屋内の階段を最上階の五階まで駆け上がった。

五階にも煙の気配はない。ということは出火は二階から下だ。

公共棟はもともと使用申請が入っていない限り、上の階まで利用者が立ち入ることはあまりない。

「誰か！　残ってる方はいませんか⁉」

それでも鍵の掛かっていない全ての部屋やトイレ、物陰などを大声で呼ばわりつつ確認して回る。たまに人影とかち合ったかと思えば防衛部の館内警備だ。

「そっちは！」

「いません！」

最小限の確認を交わしてまた行き過ぎる。

再び三階まで下りてくるまで、行き会ったのは誘導の必要がない図書隊関係者ばかりだった。

もう三階には薄く煙が広がっている。郁も手塚もそれぞれトイレに駆け込んでハンカチを湿し、口と鼻を覆った。

「……え、何これ⁉」

ただの煙ではない——覆っていない目の粘膜に強烈に刺さるこの化学的な刺激は、手塚を見ると手塚も意志に反して目から涙を溢《あふ》れさせている。

そこへまた堂上から無線が入った。

『手塚、笠原！　今何階だ⁉』

咳《せ》き込みながら手塚が答えた。

「三階まで下りました、これからチェックに入るところです！」

『防衛部でダブルチェックが入った、もういい！　外階段を使って下りろ！』

堂上の声も切羽詰まっている。

『火元が判明した、ロビーの宅配荷物受取り場だ！　発火したのは複数の荷物から同時多発的に大量の催涙弾だ！　すぐ館外へ退避しろ！』

やはり。訓練で一度体験させられたことのある刺激だった。

露出した肌にまで灼《や》けつくような刺激が刺さる。涙で視界が歪《ゆが》んで前が見えない。白い煙は刻々と濃度を増して取り残された二人に迫る。

外階段へ出る防火扉に先にたどり着いたのは郁だった。重い扉を力任せに押し開ける。二人で転げ出るように外階段に出て、扉を閉めたのは手塚だった。

そこで一息休憩を入れる。さすがに濡《ぬ》らしたハンカチだけで催涙ガスの中を突っ切ったのだ、すぐに立ち上がることはできない。

「お前……すげえ……速えー……」

手塚が息を切らし、咳き込みながら合間に呟く。

「荷物がなかったからね」

「行くか」

手塚が腰を上げ、二人は一階までまた外階段を駆け下りた。


図書館の前庭には救急車が数台入り、また顔を洗うバケツが何十個も並べられていた。ガスを洗い流すためだ。防衛員が定期的にバケツの水を入れ替えている。

シートを敷いた簡易休憩所で、多くの利用者が座り込んだり横になったりしている。

容態の重い者が既に何人か救急車で搬送されたらしいが、それは利用者を先に避難させようとした館員や防衛方が主という話だった。

「無事か!?」

郁と手塚が探すより先に、上官二名のほうが見つけて駆け寄ってきた。その二人も目が赤い。ガスの影響は免れなかったのだろう。

「無事です！」

部下も二人揃って敬礼を返した。郁の眼差《まなざ》しはどうしても堂上を窺ってしまう。

堂上も郁を見ていて、周囲を憚《はばか》った様子もなく安堵《あんど》したような深い溜息をついた。だが口に出しては何も言わない。その間に手塚が状況を報告した。

「手塚・笠原組で確認したのは公共棟五階、四階です。防衛部館内警備との行き会いで、五階はトリプルチェック、四階はダブルチェックとなりました。三階は堂上二正の指示に従って、チェックなしで退避としました」

「ガスの回り具合はどうだった？」

小牧の質問にまた手塚が的確に答える。

「三階にはもう全体に広がっています」

「じゃあもう館全体に回ってると考えていいね」

「今日はもう入館禁止だな」

「そうなるだろうね。強制換気システムを作動したとしても、全館がクリアになるには相当の時間が必要だから……」

堂上と小牧が相談していたところへ、

「あー、いいところに！」

と高い声で駆けてきたのは柴崎である。

郁は思わず柴崎に駆け寄った。

「柴崎、大丈夫!?　顔洗った!?　催涙ガスって皮膚にも影響残すから」

「うん、防衛部にその辺は完璧《かんぺき》な指導をもらったから。それより……」

「何かあったのか？」

　尋ねたのは堂上だ。

「今日、近くの小学校の社会科見学を時間差で受け入れてたんですけど、さっき引率の先生から児童が一人足りないと申し入れがありました。まだ館内に取り残されている可能性があるかもしれないので探してほしいと」

　一瞬、班の全員が言葉をなくした。

「何でその状況で児童をはぐれさすなんてことがあり得るんだ⁉」

　まず怒鳴ったのは手塚である。

「児童にだってあの警報と避難放送は聞こえてただろうし、多少の混乱はあったとしてもまずは引率教師について外へ出るだろう⁉」

「たぶん聴覚障害だ」

　聡《さと》かったのは同じハンデを持つ彼女がいる小牧だ。

「もしトイレに行ってたり自由見学のときに事件が発生してたら、その混乱ではぐれる可能性は充分にある」

　警報や放送は飽きるほど繰り返されていたし、各所で警報ランプも赤い光をぐるぐる回していた。だが、それがどんな意味を持つのか、何が起こっているのか、聴覚のハンデがある者は把握できないのだ。

　案の定、柴崎は頷いて小牧の発言を肯定した。

「そのとおりです。事件発生時に図書館の二階で自由見学だったそうです。その場で点呼するつもりが、思いのほか早く煙が回ってきたのでともかく外へということになってしまった、という話で……」

本当は音で周囲の状況に気づけないのはかなり危険なんだけど。

以前、毬江《まりえ》を知ったばかりの頃に小牧がそう言っていたことを郁は思い出した。

正に今がその状況だ。

「それにしたって何で捜索依頼がこんなに遅くなるんですか、状況発生してから何分経ったと思ってるんだ！　すぐに依頼があれば……！」

手塚の苛立《いらだ》ちが郁にも分かる。その子供がもしまだ館内にいたら。一体どんな状況に陥っているか考えることさえ恐ろしかった。

「責めても仕方がない、『学校の先生』は非常事態のプロじゃないんだ」

小牧が手塚の肩に手を置いた。

「足りないと気づいてもまさかと確認を繰り返すパニック状態に陥るのはありがちなことだ」

その間に堂上は既に特殊部隊本部へ無線を入れていた。

「堂上班より特殊部隊本部へ。科学防護服を四セット、至急図書館前庭に届けてください」

科学防護服など滅多に使わない装備だ。後方支援部保管になっているからそこから持ち出すことになる。だとすればそれにかかる時間は。

無線を切った堂上が小牧に話を振った。

「防衛部に依頼をかけて敷地内や図書館近辺を当たらせよう。もしかしたらはぐれたまま外に出て、怯えてどこかに隠れているかもしれない」

「了解。学校の先生にも面通しで同行してもらおう」

だが、堂上が班にその捜索命令を下さなかったことがそれを希望的観測だと部下に悟らせる。

堂上は届けられる科学防護服を待っているのだろう。

基本的に防衛部、そして図書特殊部隊《ライブラリー・タスクフォース》は、あらゆる状況で最悪の事態を想定して動くことを教育されている。だとすれば考えずにはいられない。

正体の知れない、ただの煙ではない破壊力を持つ煙の中に取り残されているとすれば、一体どれだけ苦しいだろう。恐いだろう。

ふと視線を下に落とすと、芝生の上に踏み跡がいくつもあるタオルがぺたりと落ちていた。判断などという上等なものではない。反射だった。そのタオルを拾ってバケツ水に突っ込み、絞らないまま下瞼《したまぶた》の際まで顔を覆って後ろで結んだ。

「笠原⁉」

堂上が呼び止めるが、そのときには既に走り出している。

「児童が取り残されているとしたら防護服が届くまで待たせられません！　行きます！」

そして郁はいつもは自動の正面玄関を素早くこじ開けて館内に飛び込んだ。

屋内はまだ視界が利かないほど白く煙っていた。だが濡らして絞っていないタオルのお陰か、ダメージはハンカチだけで公共棟の三階から脱出したときと同程度だ。

はぐれたのは二階という話だった。ひとまず階段を駆け上がる。

考えろ。もし、自分の耳が聞こえなかったら。ふと自由行動で一人になったときそれが発生したら。

二階は自習室や読書室もあるし、人の出入りはそれなりに多い。興味のある場所を覗《のぞ》くなりトイレに行くなりを済ませて戻ってきたら階がパニックになっている。クラスの仲間はその中に見つからない。点呼の声は聞こえない。パニックになった人が一斉に階下へ向かうとすれば、怯えてその流れから外れようとするかもしれない。

そして階下から粘膜や肌を刺す正体不明の煙が上ってくる。

さあ。あたしならどうする。

――苦痛の正体が煙だということは分かる。だとすれば、
煙から逃げようとして個室に籠《こ》もる。

呼んでも無意味なので声は出さなかった。無駄にタオルを乾かすだけだ。早くも目には刺すような痛みが襲っている。涙が止まらない。

ドアのしまっている部屋を片っ端から開けていく。室内にロッカーや物入れがあればそれも。トイレが一番確率が高いかと思っていたが、男子トイレにも女子トイレにもいなかった。

となると煙に追われて上に逃げたか。階段を駆け上がりかけ、――階段のそばに設置されている二基のエレベーターにふと目が止まった。

エレベーターのボタンを叩く。手前は反応がない。どこか別の階で止まり安全のために作動を停止している。

もう一基のボタンを叩く。開いた。

そして、しゃくり上げている子供がしゃがみ込んでいる。少年だ。三年生くらいか。

ドアが開いた振動で気づいたのか、子供が郁を見上げた。エレベーターの中には換気ダクトがあり、そのためかガスは入り込んでいない。泣いていたのは恐かったためだろう。

「見学の子？」

訊いてから聞こえないと思い出した。エレベーターのドアは閉めない。回路の変調で万が一動かなくなったら閉じ込められる。

同じ目線にしゃがみ込んで、郁は図書手帳のメモ帳部分に付属のペンを走らせた。

見学の子？

見せると少年は頷いた。続けて郁も書く。

助けにきたよ。今から外に出ます。まずトイレに寄ってケムリを吸わないじゅんびをします。

少年が頷いてから郁は手帳をしまい、少年を抱き上げた。少年の顔を自分の胸に埋《うず》めさせる。

と、トイレに向かう途中の通路で鋭く呼ばれた。

「郁ッ！」

煙を透かして向こうを窺うと、郁と同じルートで回ってきたらしい堂上だった。装備は郁と同じくタオル一枚。

「行方不明者、発見しました！」

「分かった、よくやった」

言いつつ堂上が先に立って走る。飛び込んだのは男子トイレだ。トイレも遮蔽《しゃへい》されている分、ガスはまだ薄い。むしろ換気扇でドアの隙間から入り込んでくるガスが排出されている。

「一階はまだガスが濃い、子供抱えて突っ切るぞ」

言いつつ堂上が自分のスーツの上着を脱いだ。洗面台で惜しげもなくそれを水浸しにする。

郁はその間にまた図書手帳を出して書いた。


これでキミをつつんでケムリから守ります。つめたいけどガマンできるよね？


少年は唇を嚙《か》んで強く顎《あご》を引いた。

そして堂上が少年の頭から濡れた上着を被《かぶ》せた。少年の服は長ズボンなので露出部分はない。

堂上が少年を胸に抱きかかえ、郁がアイコンタクトだけでトイレのドアを開けた。

そしてガスの中を駆ける。

玄関に先にたどり着いたのも郁で、入ったときのように自動ドアを手動でこじ開ける。堂上が隙間から飛び出した。外には小牧と手塚、防衛員が待ち受けており、小牧が堂上から少年を受け取った。そして防衛員を介して救護所へ運ばれる。

郁が外に出てから防衛員と手塚が協力して手動でドアを閉める。

さすがに堂上も郁も地べたにへたり込んだ。タオルはむしり取ってその辺に放り捨て、新鮮な空気を肺に送り込む。

ややあって、休んだとさえ言えないようなわずかな息入れで堂上が立ち上がった。

「小学校へ報告を……」

「もう入れたよ」

小牧が何気なく堂上の肩を支えた。

「事後は副班長に任せて休むとしたもんじゃない？　堂上と笠原さんは充分働いたよ。功労賞モノでしょう、装備もないままガスの中を三十分以上も駆け回ってさ」

それほど時間が経っていたのかと教えられてから驚く。郁の中では少年を捜すために遣った時間は濃縮されており、すぐに少年を見つけたような気さえしていた。

「しばらく図書館側はごたつくと思うから庁舎に戻って休むといいよ。落ち着いたら少年捜索の報告書でも作っておいてくれたらいいし」

小牧は半ば追い出すように堂上を庁舎通用門のほうへ押しやった。そこまで強引に勧めないと、自分から休むとは言い出さない性格を飲み込んでいるためだろう。

「じゃあ、後は頼んだ」

堂上が通用門へと歩き出す。ワイシャツ一枚ではさすがにまだ背中が寒そうな季節だ。

「おい」

郁に声をかけたのは手塚である。

「お前も休んでくるんだろ。だったらついでに堂上二正にこれ」

投げられたのは畳んだ毛布である。

「うっかりその辺で寝たら風邪引くぞ、あの人。濡れた上着に包んだ子供を抱えて出てきたっていうのに」

手塚が言い訳をくれていることは分かったが、事件が発生する直前の気まずさを思い出すと動き出せない。

「班長代理として笠原士長に発す！」

いきなり小牧が珍しすぎる命令口調になった。

「直ちに休憩に入り体力の回復に専念すること。また、堂上班長に休憩用の毛布を届けること。以上、復唱！」

反射で手が敬礼をした。

「笠原士長、直ちに休憩に入り体力の回復に専念します！　また、堂上班長に休憩用の毛布を届けます！」

「よろしい！」

仲間にどんな顔を向けたらいいか分からなくて、郁は敬礼した手を下ろすなり通用門のほうへ駆け出した。

*

「堂上教官！」

既に庁舎側の敷地に入っていた堂上を呼び止めると、堂上は立ち止まって振り返った。郁が駆け寄るのを待ってくれているのが分かる。駆け寄った郁は、大きく頭を下げた。

「お疲れさまでした！」

そして顔を上げ、預かってきた毛布を差し出す。

「これ、みんなから……風邪引くからって」

「ん、すまん」

堂上は片手で毛布を受け取り、郁と並んでまた歩き出した。

しばらく無言が続き、その圧力に郁が先に負けた。

「すみませんでした、勝手なことして」

「いや……」

堂上は言葉を探しながらのように尋ねた。

「……お前、何であのとき一人で突入した？」

えっ、と虚を衝《つ》かれる。反射、とは答えにくいので懸命に言葉を探す。

「ええと……科学防護服ってあまり使わない装備だから……点検して届くまでに時間がかかると思って……」

「それで催涙ガスが充満した館内に飛び込んだのか」

「すみません。でもあの、訓練受けてるあたしがガスを凌ぐのと、何も分からなくて聴覚障害で情報からも隔絶されてる子供が一人ぼっちでガスの中に取り残されるのを比べたら、あたしのほうが凌ぎやすいと思って……」

「何でそれ、俺に提案しなかった」

　また虚を衝かれる。

「……思いついたら体が勝手に……」

　堂上が苦笑混じりに溜息をついた。

「結局お前はうちの班のフラッグシップなんだよな」

　どういう意味だろう、と首を傾げた郁に、堂上は言葉を続けた。

「催涙ガスが充満した広い館内で子供一人を捜すとしたら時間がかかる、だから防護服が必要だ。俺も小牧も手塚もそう考える。それが定石だからだ。たぶん、他の隊員もみんなそうだ。非常事態においては定石を採る。だけどお前は定石を引っくり返すんだよ」

　誉められているのか叱られているのか分からない。声は叱ってはいないが言われていることは叱責《しっせき》に近い。

「お前は非常事態に陥ったら感情で摑むんだよ、そのとき正しいと思ったほうを。実際、防護服が届くまで待ってたら子供の容態はもっと悪くなっていたかもしれない。トラウマも残ったかもしれない。情報があって訓練を受けているなら自分のほうがガスを凌げる、飛び込んでも何とかなる。確かにお前の判断はある意味では正しいんだ」

「だったら……よかったんですけど……」

「俺が昔、お前みたいな奴だったって言ったら信じるか」

唐突な問いに三度、虚を衝かれる。

「俺はそれで仲間の足を引っ張ると思った。お前みたいな部分を切り捨てた。でもお前は昔の俺みたいなままでもう四年目だ。そして俺は、お前のとっさの判断に引っ張られて動くことがしょっちゅうだ。だからもうお前はそういうお前のままでいいのかもしれない。俺たちは定石で物を考える。お前は感情で突っ走る。それがフラッグシップになっていい結果が出ることもあるわけだしな」

よくやった、と言った堂上が片手を挙げた。そして、途中で気がついたように止め——

「止めないでください！」

郁はとっさに叫んだ。

「触ってください！　あたし、堂上教官に触られたいんです！」

俯《うつむ》いて一息に主張すると、堂上が怒ったような声で「お前なぁ」と呟いた。

それから、——いつものように頭に軽く手が載った。誉めてくれる手が。

ああ、よかった、元に戻った——そう思った瞬間、堂上の受け取っていた毛布がばさりと地面に落ちた。

息が詰まった。

抱き締められた、という理解は手放されてからやってきた。今はここまでだと堂上が低い声で囁《ささや》く。

真っ赤になった郁に、横を向いた堂上の顔は仏頂面だ。

「うっかりそんな宣言してこの先ただで済むと思うなよ」

意味が分からないほど子供ではない。

「と、時と場所を選んでいただけたら！」

「選ぶに決まってるだろうが！　お前は俺を何だと思ってるんだ！」

久しぶりに本気のゲンコツが落ちた。

でも、触れるのを避けられているときに比べたらずっとよかった。

＊

強制換気システムと催涙ガスの中和剤を併用して、館内に立ち入れるようになったのは夕方だった。

特殊部隊の報告会には柴崎が顔を出している。

「図書館ロビーで本日受け取った宅配便の伝票をチェックしたところ、差出人がデタラメな物が十件ありました。これはすべて発火した荷物の伝票と一致します。また、荷物は催涙弾の中に時限発火装置を仕込んだもので、細工の同一性から十件すべて同一犯によるものと考えられます。恐らくは良化法賛同団体によるものではないかと……もう法的には解散していますが、この手口を得意とする団体が数年前に埼玉方面にあったそうです」

むう、と玄田《げんだ》が椅子にもたれて腕組みをした。

「だから早く宅配用のX線検査装置を導入しろと提案しとったのに」

トップがあのハゲワシになってから予算が渋くなっていかん、と玄田は不服そうにこぼした。隊員たちはクックと笑う者が大多数で、堂上班では小牧と郁がそのクチだった。

堂上は不機嫌そうに聞こえない振りをしている。暴言、放言の類《たぐい》を玄田に注意しても無駄ということは経験上理解しているが何か言いたくなるのは性分で、こらえるには聞こえない振りが一番らしい。手塚はそんな堂上に気兼ねしたようにこれまた生真面目な表情を保っている。

「でも今回の事件で購入予算が下りるそうですよ」

柴崎がそう言ってにっこり笑った。

「装備の導入が後手に回って事件になった前例ができたわけですし、予算の請求も通りやすくなると思いますけど」

「あ、じゃあ」

小牧が笑いを収めて軽く手を挙げた。

「聴覚障害者の避難誘導システムを提案させてください」

「具体的には？」

玄田に問われて小牧はすらすらと答えた。

「まずは文字による警報ランプの説明と退避方法の看板ですね。少なくとも警報ランプのあるところには全部。また、ランプの回転や点滅のバリエーションをつけることで、その非常事態の種類が区別できるようにしてほしいところです。最低限、すぐ館外退去する必要のある火事などの事件と、避難室に入る必要のある検閲襲撃。最低限この二つの区別は必要です。ランプの回路をいじるだけだからあまり予算もかからないし、看板も安いものでしょう」

警報ランプは主要な施設や部屋のほとんどに設置されているので、ランプのある箇所に看板を設置すれば事足りる計算になる。

「よし、それはすぐに提案に回す」

「ありがとうございます」

小牧としては以前から気になっていたところだったのだろう。

「それから堂上班は今回お手柄だったな。小学校から礼が来とる」

「笠原の手柄です」

堂上が迷わずそう宣言し、郁は思わず俯いた。これほど揺るぎなく評価されたことは少ないので気恥ずかしかった。

ところが隊の仲間たちときたら――

「ほおー、そりゃ意外だな」

「何かの間違いじゃないのか」

「神風でも吹いたのか？」

などと暴言の嵐である。

「あ、あんたたちは――！　あたしが功労者だったら何かおかしいんですか！」

「義理チョコで徳用キットカットを盛るような女を労《ねぎら》う言葉はない！」

「それか！　それをまだ根に持つか！　じゃあ、あんたたちがホワイトデー三倍返しの法則で全員返してくれるってんなら来年から一人ずつ差し上げますが!?」

嚙《か》みついて腰を上げた郁の袖《そで》を堂上が引いてくると座らせた。

「お調子者の集団からまともな労いが出てくると思うな。俺も小牧も通った道だ。口では何と言おうと評価されてるから安心しろ」

それに、と堂上が多少むくれたような顔で呟く。

「こういうことでお前がからかいの対象になるのはあまり面白くない。喜ぶだけだから相手にするな」

不意打ちのささやかなヤキモチには、平静を装って頷くのが精一杯だった。

＊

その日、柴崎の風呂《ふろ》上がりのスキンケアは入念だった。催涙ガスに肌をさらしたためである。

「あーん、やっぱりちょっと赤いー。あたし肌は丈夫なほうなのにー」

「そりゃ相手は催涙ガスだし」

「でも脱出してすぐに水で流したし、その後ももうメイクは諦《あきら》めて、機会があるごとに石鹸《せっけん》で顔洗ってたのよー」

自分のケアを納得いくまで追求し、それから柴崎は郁に向き直った。

「でもあたしよりあんたのほうが問題ね、それ。ところどころかぶれてるわよ、おでことか」

「それはもう仕方ないよー、あたし戦闘職種だもん。それにガスの中にいた時間も違うしさ」

「防護服を待ってたらそんなことにもなってないのに、タオル一枚でガスの中に飛び込んだりするからよ」

でもまあ、と柴崎がにんまり笑う。

「堂上教官はそういうあんたが好きだからいいのかしらね」

顔を火照らせた郁に、柴崎はからかい口調で「いやー見せたかった」と続けた。

「あんたが館内に飛び込んでからの堂上教官ったら！　もーう人目憚《はばか》る余裕なしで名前呼びよ。『郁！』って。付き合ってるの知らない防衛員とかもう目ぇまん丸。あげく血相変えて『誰かタオル寄越せ！』って怒鳴って渡されたタオル被るなりあんたの後追って。小牧教官に指揮権置いてくのも危うく忘れる勢いよ」

わあ。それは俯瞰《ふかん》で見たかったような。郁の顔は思わずにやけた。

「はい、いらっしゃい」

柴崎が郁を手招きする。

「少しは明日マシになるように手入れしてあげる」

「わーい」

寄っていくと柴崎は何やらお高い化粧水やら美容液やらをコスメボックスから出して手入れをしてくれた。

「まずかぶれた部分は軟膏《なんこう》塗るわよー、皮膚科で処方してもらったやつなんだけど」

「あ、あたしステロイド系ダメなんだけど」

「大丈夫、漢方系だから。よく効くのよ、これ。肌弱い人にも評判よくて」

そのありがたい軟膏を数ヶ所に塗り、柴崎は冷蔵庫に保管してあった冷却化粧水をコットンに含ませてパッティングしてくれた。

「あー、これ気持ちいい」

「明日になったらたぶん熱持つか腫《は》れるからね。よーく冷やしておいたほうがいいのよ」

次は化粧水、美容液と進んで最後にクリームで蓋《ふた》だ。

「ところでお母さんの呪縛は解けたのかしらー？」

急に訊かれてごまかす余裕はなかった。

「と……解けたと思う、たぶん」

郁は俯きながら答えた。柴崎にはいろいろ相談に乗ってもらっているしたぶん心配もかけている。

「ちゃんと触ってもらえるようになったから」

「……何気にすっごいえっちぃ発言だったけど自覚してる？」

「ええっ何で!? 今まで何かぎくしゃくしちゃって触ってもらえなかったから！」

「天然としたら恐ろしい子……！」

ま、仲直りしたっぽい気配はしてたけどね。そんなことを呟きながら基礎化粧品を片付けていく柴崎の鋭さのほうが郁には恐ろしい。別に会議でそんな雰囲気を出していた覚えはないし、報告役の柴崎は郁たちから席も離れていたのに。

コスメボックスにてきぱきしまわれていく基礎化粧品を見ながら、郁はふと思いついた。

「柴崎ィ」

「なぁに？」

「さっきの軟膏と冷却化粧水だけ借りてもいい？」

「ああ、堂上教官に？」

あっさり言い当てられて郁は肩を縮めた。

「いいわよ、男はスキンケアって概念自体なさそうだし、その分ひどいことになりそうだしね。コットンは自前で持ってるでしょ？」

気前のいい許可に感謝しつつ、郁は堂上に電話をかけた。

肌の手入れ、という呼び出し理由に堂上はピンと来ていない様子だったが、ともあれロビーで待ち合わせた。

やってきた堂上もやはり顔が数ヶ所かぶれかけている。郁よりマシなのは肌質の差だろう。

「柴崎が今晩手当てしといたら明日かなりマシだっていうから」

言いつつ郁が化粧水やコットンを見せると、堂上は顔をしかめた。

「そうは言われても使い方が分からんぞ。髭剃《ひげそ》り後のクリームくらいしか使ったことないし」

「基本的にはそんなに変わりませんよ。それにあたしがやりますから」

まだ時間が早いからロビーにはそれなりに人がいる。だが、郁は構わず空いている席に二人並んで座った。

「目、つぶっててください」

「何をする気だ、一体!?」

「薬塗るだけです、信用してください！」

堂上の顔の上に数ヶ所軟膏を置きながらそれを塗り伸ばす。

次は冷却化粧水のパッティングだ。

「痛くないですか」

「気持ちいい」

「やっぱりダメージ受けてるんですよ。あたしも柴崎にこれやってもらって気持ちよかった」

他の隊員が息を潜めるように窺ってくるのが分かる。女が男の顔の手入れをしているという図式はやはり特別な関係だと一目で分かるものらしい。

それも——もしかしてちょっと色っぽい光景に見えたりする？　周囲の反応でやっとそんな疑惑が湧いたが、他にこんなことをできる場所はないし、別に後ろ暗いことをしている訳でもない。

そのまま何枚かコットンを替えながらパッティングを続ける。続いての化粧水や美容液などは、郁もそう高くはないが添加物の少ないメーカーのものを使っているので自前で持ってきている。それらをまた叩き込み、最後は柴崎と同じくクリームで蓋だ。

急に堂上が驚いたように後ろへ退いた。

「……何ですか」

「いや、急に指が直接来たから驚いて」

「別に変なことはしませんから戻って。目、つぶってください」

堂上は恐る恐るという感じで元の姿勢に戻ったが、郁が堂上の肌に指を滑らせていると途中でまた離れた。

「何ですか、また」

「いや、もういい」

「まだ終わってないのに」

「塗るだけだろ、あと」

言いつつ堂上は郁が顔に載せたクリームを自分で適当に塗り込んだ。

「ああっ、せっかく丁寧にしてきたのに台無し！」

勘弁しろ、と堂上が渋い顔をした。

「指が直接来ると変な気分になる」

「変って」

堂上がますます仏頂面になる。

「試すか？」

柴崎に手入れしてもらった感触を思い出し、郁は慌てて頭《かぶり》を振った。女同士でもスキンケアを指で仕上げてもらうと気持ちがよかった。それを恋人の指でなんてとても試せない。

そうでなくともその指が気持ちいいことはもう知っている。

やっぱりちょっと大胆なことしたかも。でも皮膚の容態が心配だったのはホントだし！

「す、すみません、それじゃお互いお大事にということで！」

郁は慌ててスキンケア用品をまとめ、堂上に大きくお辞儀をして逃げるようにロビーを出た。


「それは率直に言ってやり逃げって言うわね」

部屋に戻ると柴崎にばっさりそう斬られ、郁は茹《ゆ》でダコになってコタツに俯せた。

四、「こらえる声」

「ほら、これなんか普段使いもできてカワイイ感じ。逆にこんな感じもシックで色っぽいし」

柴崎《しばさき》は次から次へとめぼしいデザインを探してきては郁《いく》の胸元に当てる。郁はといえばろくに返事もできずにされるがままだ。

柴崎がよく行くという下着専門店である。

「しかしまあ、成長したもんだわねぇ。スポーツブラ以外ほとんど持ってなかった女が」

「だってもう二度とあんな恥かきたくないんだもの！」

――話はしばらく前、桜の手前の季節に遡《さかのぼ》る。

*

合意と予定が取れて、初めて二人で外泊を入れた日だった。

経験がないという郁に気を遣ってか、堂上《どうじょう》が決めたホテルは郁がプライベートでは泊まったこともないような洒落《しゃれ》たホテルだった。合宿や友達との旅行などでは安いビジネスや旅館しか使ったことがない。

部屋の調度でひとしきりキャーキャー騒いだ後、ふと心配になって堂上を窺《うかが》う。

「あのー、ここって士長《しちょう》の手取りでも大丈夫な感じのお値段ですか」

「あのなぁ。これだけ階級と手取りが違ってこういうことに割り勘を請求するほど情緒のない男じゃないぞ、俺は。それにお前が心配するほどの高級どころってわけでもない」

「え、でもお部屋すごいキレイだし。ツインなのにベッド広いし」

「ていうかお前、大阪で当麻《とうま》先生とヒルトンのエグゼクティブに泊まったことあるんだろ」

「でもあれは警備だったし、三万円以上したしっ」

「考え方が逆だろ、ヒルトンでさえ三万円台でエグゼクティブ泊まれるんだぞ。プラン選べば若い女がちょっと贅沢《ぜいたく》する程度で使える」

「でも泊まるだけでそんなお金もったいない……」

ベッドの上に胡座《あぐら》をかいていた堂上が「お前なぁ」と深く溜息《ためいき》をついて首を落とした。

「あの、何か」

窺った郁を堂上が顔を上げて一喝する。

「仮にも恋人同士でこういうところに来てて泊まるだけなのにもったいないとか言うなっ！」

「すっ、すみません情緒がありませんでした！」

だから多分、それは情緒がなかった罰が当たったのだと思う。

バスルームは先に郁が使うことになり、その段から何かおかしいという違和感は薄々感じていた。

その違和感の正体が判明しないまま糊《のり》の利いた浴衣《ゆかた》に着替えてバスルームを出る。

「お風呂《ふろ》、先にいただきました」

堂上はわざとのように湯上がりの郁を正視せず、自分の浴衣を持って入れ違いでバスルームに入った。

ややあってシャワーの音が聞こえてくる。

……どうしよう、緊張してきた。電気消したらどれくらい『見える』のかな。

幸いなことにバスルームのドアはユニットにありがちな曇りガラスではなく、ちゃんとしたドアだ。ベッドサイドのコンソールで明かりを全部落としてみる。──真っ暗になった。

目が暗さに慣れるのを待ってから、そっと自分の浴衣の胸元を広げてみる。

肌は闇に白く映えて、そして──イッタイナンデスカコレハ。

止まった思考を蹴飛《けと》ばして正気に戻す。取《と》り敢《あ》えず明かりを点けた。暗闇の中で広げてみた胸元は両手できつく閉めたまま固まった。一体どれくらいそのまま固まっていただろう。

どうしよう──どうするべき!?　ていうかあたし何でこんな日にこんなこと！

と、取り敢えずコンビニ!?　スーパー!?　間に合わせっぽいけどコレよりマシ！

郁は鞄《かばん》にしまった今日の服を慌てて引っ張り出し、浴衣を脱ぎ散らかして着替えた。財布を摑《つか》んでこっそり外へ出ようとしたところで、

バスルームのドアが開いた。

髪を拭《ふ》きながら出てきた堂上と鉢合わせて思い切り固まる。堂上は郁の姿をまじまじ見つめ、

「……敵前逃亡か？」

と真面目に訊《き》いた。

「ちっ、違うんですこれはっ」

「違うんなら人がシャワーを浴びてる隙に着替えて逃げ出そうとした理由を教えてもらいたいもんだな」

「に、荷物！　荷物は置いてあります！　逃げるつもりだったら荷物も持って出てます！」

「ていうかな、荷物が置いてあろうとなかろうと、初めて一緒の部屋泊まってお互い風呂使う段になってあり得ない暴挙だろそれ」

堂上は郁の手首を摑んで部屋に戻った。

「あーもう……浴衣も脱ぎ散らかしやがって」

「だからすぐ帰ってくるつもりでー！」

「だからどういう理由だよ、事と次第によっては本気で怒るぞ！　もしシャワー終わって出てきてお前がいなくなってたらこっちはどれだけ傷つくと思ってるんだ！」

ついに逃げ場がなくなって郁は吐くしかなくなった。

「しっ……下着をコンビニに買いにいこうとしてました！」

堂上が思い切り怪訝《けげん》な顔になった。

「……お前まさか今日一日下着なしで？　やる気ありすぎだろう、それは」

「違いますッ！　そんな痴女みたいな真似するわけないじゃないですか！」

「じゃあ替えの下着を忘れてきたのか？」

「でもなくて！」

郁は両手で顔を覆って俯《うつむ》いた。

「うっかりスポーツブラとショーツのセットで来ちゃったんですー！」

「……スポーツブラって何だ？」

ああ何だってこんな日にこんなことを説明する羽目に陥ってるんだあたしは！

「だからっ、基本的にスポーツ選手や体を激しく使う仕事の女性が、胸が邪魔にならないように押さえつける用途の下着で！　あたしも戦闘職種だからいつもはそればっかり使ってて！」

「で、それを今着けてることに何か問題はあるのか」

「シンプルな機能性が唯一かつ絶対の価値だから、色気もクソもありません！　そして被《かぶ》って着るタイプだから着脱に雰囲気の欠片《かけら》も発生しません！」

この辺りで堂上が吹き出した。

「だからコンビニかスーパー行かせてください、間に合わせでも絶対少しはマシだからー！」

「まあまあ、落ち着け。まあまあ」

じたばたもがく郁を堂上は自分のベッドにそのまま引きずって連行した。

それも爆笑しながら。

「お前にそういう価値観は期待してないから気にするな」

言いつつ部屋の明かりが消された。

「服だけ浴衣に替えるかどうか猶予をやる」

服でベッドに入るとシワになる。郁はほとんど半べそで浴衣を選択して猶予をもらった。

だが着替え直した浴衣も堂上のところへ戻るといきなり上半分を剥《む》かれた。

「要するにTシャツ脱がせる要領でいいんだろ」

言いつつ堂上がスポーツブラの裾《すそ》に手をかけた。

「下向いて手ぇ伸ばせー。首すくめるなー」

「ううう〜〜〜〜」

まるで子供の着替えのようにブラを脱がされたのが『初めて』のはじまりだった。

「まあでも、最初で恥かききっちゃったら後は楽かもよ」

他人事《ひとごと》丸出しな柴崎に郁はぶんむくれた。

「楽ですとも！　それはもう楽ですとも！　けどもう同じ愚は犯さないっ！」

勝負下着とまではいかなくても普通のそれなりにかわいい下着もいくつかは持ってたのに！

下着の引き出しの中でその「普通の下着」の存在感がなくなるほどにスポーツブラの比率が高いことに問題がある――という自己分析の結果、柴崎に下着の買い物に付き合ってもらった次第である。

「ブラジャーのほう、よかったらご試着もどうぞー。ご試着室空いておりますので」

柴崎御用達《ごようたし》だけあって、勧めてくるタイミングや声かけの感じがいい女性店員が声をかけてくる。

「いくつか着けさせてもらったら？」

「う、うん」

郁はどぎまぎしながら頷《うなず》いて、密《ひそ》かに胸に秘めてきた希望を口に出すかどうか葛藤《かっとう》していた。その気配を読んだのか、店員がまたいい感じの微妙な押しをかけてくる。

「何かご希望の商品あったらお出しいたしますが」

「あ、あのー」

郁は足元を見ながら小さな声で要望を出した。

「寄せて上げるタイプのブラでかわいいのとか……CMで胸の谷間に天使の羽が出るやつ」

「ああ、エンジェル・ブラですね」

郁が言うのを憚《はばか》った商品名を店員はにこっと笑って口に出した。

「あのシリーズはカラーもデザインもそろってますし、お好みで選んでいただけますよ」

「えー、あんたがアレ？」

水を差した柴崎に郁は赤くなって目を剝いた。

「何よ、何か文句あんの！」

着けるとカップが一、二サイズアップします、というのが売りの商品で、CMでは寄せた胸の谷間で天使の羽がくっつくというカワイイ演出が人気である。

「まーいいわよ、着けさせてもらったら？　試すだけはタダだし」

何気に意地の悪い柴崎は放っておいて、郁は店員の案内でそのシリーズの中からイエローを基調にしたカワイイ系とラベンダーを基調にしたオトナ系を選んで試着室に入った。

着け方にコツが要るそうで、試着指導に店員も一緒に試着室に入ったが――

「す、すみません」

店員が白旗を挙げたのは十分近くも奮闘してからだった。そのタイミングで柴崎がカーテンの隙間からひょいと顔を覗《のぞ》かす。

「無理だったでしょ」

店員は申し訳なさそうな顔で俯き、郁はキィっとヒステリーを起こした。

「なに分かったような顔してんのよー！」

「だって分かってたもの」

結局郁の胸にCMのようにキレイな憧《あこが》れの谷間はできなかったのである。

店員がすみませんと頭を下げる。

「こういうタイプの商品は胸の周囲の余分なお肉を集めてきてカップの中に保持する設計なんですね。ですが、お客様の場合はその……スタイルがおよろしくて、余分なお肉というものがあんまりなくて……」

贅肉《ぜいにく》を余分なお肉と言い換えるのはどうやら仕様らしい。確かにやたらと脇腹だの腹部だのをぐいぐいこすられて苦しかったが、それは贅肉を集めてくる処理だったらしい。

以前、玄田《げんだ》に胸の谷間にレコーダーを仕込めと命じられ、班の全員から無理だと却下された。そのときは「あたしだって寄せて上げるやつなら谷間くらい」と内心で反発したし、そういうブラを使えば自分にだって谷間ができるものだと信じて疑っていなかった。

ダメじゃん！　これ使ってもできないじゃん！　畜生、班の連中のほうが正しかったー！

「すみません、これを使ってダメって方は滅多にいらっしゃらないんですけど……」

追い打ちー！　郁は試着室のタオルで胸元を隠し、持ち込んだ試着のブラを萎《しお》れて返した。

「あ、後はテキトーに自分たちで探しますんでー」

柴崎がそう言って店員と入れ替わりで試着室に入り込む。郁は自前のブラを着けながら柴崎の適度に大きく形のいい胸に物欲しげな視線を投げた。

「どーやったらそういう胸になるのよー」

「少しの素質と長年の努力の成果？　要するに、胸の周りの贅肉をかき集めて日夜カップの中に詰め込んで、『お前は胸だー、お前は胸だー』って言い聞かせるのよ」

「虎の穴かい！」

「ま、それに近いわね。最近はいいブラ出てるから贅肉の洗脳も楽になってるし」

「じゃああたしに救いはないのか！」

「その代わり贅肉ないじゃん、あんた。キレイに筋肉のついたスレンダーなモデル体型、足も長い。何でもかんでもは手に入らないのよ、人間って」

「まあそれはそれとして」

「あんたほとんど手に入れてるじゃないのよー！」

否定しないところがまた憎らしい。

「あんた、一番大事なこと忘れてる」

柴崎の指摘に郁は首を傾げた。

「洗脳が終わってる贅肉ならともかく、洗脳途上の肉が矯正ギミックを外されたらどうなると思ってんの」

盲点を衝《つ》かれ、はうっと思わず息が詰まった。

「偽装した谷間も盛り上げた肉も何もかも横へ流れるのよー。かといってベッドに入ってブラ外さないわけにもいかないでしょ？　それにもう見られた以上は取り繕っても意味ないしさ」

柴崎は郁が服を着たのを確認してから試着室のカーテンを開けた。

「心配しなさんな。谷間がなくても堂上教官はあんたのカラダが一番好きだと思うわよー」

耳元で囁《ささや》かれて郁の顔は真っ赤になった。

「そんなわけであたしとしては堂上教官よりずっと長くあんたのプロポーション見てきた立場で一番あんたに似合う商品がご提案できるつもりでおりますことよー？」

「わ、分かった。お任せ」

柴崎は郁のサイズは一切ごまかさない方向で、しかし身につけると映えるセットを購入予定の五セット見立ててくれた。

どれも少しの甘さや色っぽさがアクセントになった品のいいデザインだ。センスのいい友人に感謝である。

「ま、後はお泊まりのとき『うっかり』スポーツブラなんかしていかないことね。そればかりはさしものあたしも助けられないわー」

「分かってるわよ！　下着の引き出しの一番手前に入れとくし！」

「あと、ほかにやらかしたことも色々？」

郁は買ったばかりの下着が入った紙袋を抱き締めて、人混みの中でまた真っ赤になった。

痛いのは我慢できるつもりだった。部屋は暗くしたから表情はばれないはずだった。

だが痛い間の扱いはずっと優しく、痛みが薄れてきたころ一番やばいのは痛みではなかったと分かった。

駄目、苦しい、もう無理。

こらえた息の合間に言葉を押し出すと、痛いのかと訊《き》かれた。

とっさに返事ができなかった。

痛くないなら今さらやめてなんかやるか。

耳元で囁かれた息が熱い。

声出したくないなら何か噛《か》んどけ。

逃げようとした理由まで読まれて、郁は目の前にあるものに思い切り歯を立てた。

＊

「堂上二正《にせい》、肩はいつ痛められたんですか？」

油断していたところをいきなり衝かれたのは風呂上がりだ。衝いてきたのは手塚《てづか》である。

「この前からずっと貼ってますよね」

というのは堂上が左肩に貼っている肌色タイプの防水湿布である。

「……いや、この前ちょっと寝違えて」

「それならいいんですが、長引くようなら病院に行かれたほうがいいですよ」

「いや、大丈夫だ」

というか目立たないように肌色で貼っているものを普通訊くか！　と内心突っ込みたくなるが、手塚がこうした機微に鈍いことは既に周知の事実である。

「お先に失礼します」

相変わらず礼儀正しく手塚が出ていってから堂上は溜息をついた。混んでいる時間じゃなくてよかった、ましてや――

「よかったね、隊の仲間が一緒のときじゃなくて」

くすくす笑ったのは、――こいつもあまりいてほしくなかったと堂上的には思う小牧《こまき》である。

手塚は天然だからなぁ、と笑った小牧が尋ねる。

「まだ治らないの」

「治るか！　思い切り嚙みつかれたんだぞ！」

堂上は手早くTシャツを被《かぶ》り、髪を荒くタオルで拭《ぬぐ》った。

左肩の湿布は公休の外泊明けから肩に居座っている。湿布の下にさらに居座っているのは、――明らかに女のものだと分かる歯形だ。

下着で初手から下手を打った郁は、これ以上の恥をかくまいとガチガチだった。声を必死で噛み殺そうとしているのはバレバレで、変な声を上げてまた笑われたらどうしようと緊張しているのもバレバレだった。

声くらい聞かせろ、とは思ったが、それが恥ずかしくて堅くなっているのだから仕方がない。何か噛んでろと助け船を出したのは、もちろん既に乱れていたリネンのつもりだった。

ところが郁はここで予想の斜め上を衝いた。目の前の堂上の肩に思い切り歯を立てたのだ。悲鳴が上がりかけたが、ここで大声を上げたらもう郁が萎縮《いしゅく》しきって何もできなくなるのも読めていた。

郁が自分の声に慣れるまでこらえた結果として、堂上の肩には人にごまかしようのない歯形がしっかり刻まれた次第である。

コトが終わってから膝詰《ひざづ》めで説教になったことは言うまでもない。

普通声こらえて噛むっつったら布の類《たぐい》だろうが！　生身の肉を噛むな、肉を！　お前は実は肉食獣か!?　そして俺はムツゴロウさんか!?

だが真面目にそんな説教をしているその状況に自分で吹き出しそうになり、またそんな説教でしゅんと小さくなっている郁もおかしかったりかわいかったり、結局説教は短く畳んだ。

残った問題は歯形をいかにごまかすかである。まさか医務に見せにいく訳にもいかず、苦肉の策で思いついたのが肌色の防水湿布だ。テーピングでは肌色でも大袈裟《おおげさ》すぎて訓練で目立つ。

しかし、まさかそれをまともに指摘しにくる奴が部下にいるなどとは思いも寄らない。

「まったくうちの部下は二人が二人とも……」

溜息混じりに呟《つぶや》いた堂上に、小牧も笑った。

「二人とも真面目だから融通が利かないんだよね」

確かに、郁は何か噛めと言われて目の前にあった堂上の肩を迷わず噛んだのだろうし、手塚は堂上の『肩の負傷』に気づいたときから心配していたのだろう。

そこが真面目とも言えるし、融通が利かないともかわいいともいえる部下たちだった。

＊

郁の側では秘密の買い物が済み、堂上の側では歯形が何とか完治した頃である。

図書特殊部隊《ライブラリー・タスクフォース》に他館から出動要請がかかった。吉祥寺《きちじょうじ》の武蔵野第二図書館である。

人相、風体ともに特に怪しいところはない青年で、私服警備として玄関に立っていた防衛員も青年が入館したことさえ意識していなかったという。利用者の多い館では致し方ないことだ。

青年が異様さを発揮しはじめたのは閲覧室に入ってからである。ずっと読書コーナーで天井を仰いだまま、立ち尽くして三十分ほどを過ごしたという。

利用者も気味悪がって読書コーナーの利用を避けはじめ、館員にも苦情が入りはじめた。

仕方なく男性館員が声をかけた。

「もしもし、何かご用はございませんか」

その瞬間、青年の羽織っていた黒いジャケットが翻った。

弧を描いて飛び散った血は、声をかけた館員のものだった。腕を深く切りつけたのは青年が懐から取り出して振り回した包丁だった。

青年の喚《わめ》き声はもはや動物じみて日本語の態《てい》を成《な》さず、床に尻餅《しりもち》を突くように倒れた館員を、とっさにカウンターから飛び出した館員が数名がかりで引き離して回収した。

カウンター内の非常ボタンが押され、警報が鳴り響いた。

「皆さん、至急館外へ避難してください！」

青年から出入り口側にいた利用者はそれが可能だった。だが、

「動くなァ！」

やっとそれだけ日本語として判明した怒号と扇風機のように振り回される包丁が、青年より奥にいた利用者の足を竦《すく》ませた。

それでも青年から離れた閲覧室の端を抜けようと走った数人の利用者がいた。

そしてその中の一組——子供連れの若い母親が転んだ。

青年が見過ごすはずもなくゆらりとその親子に近寄る。誰も助けに行ける者はいなかった。

「行きなさい！　ママは大丈夫だから！」

言いつつ母親は泣きべそをかいている女の子を出入り口へと押しやった。

「行きなさいッ！　こっち見ないのよ！」

手放した女の子を叱咤《しった》し、ゆらりゆらりと近づいてくる青年に母親は自分の鞄を投げつけた。

ようやく小学校に上がったくらいだろうか、娘は母親の苛酷《かこく》な言いつけを懸命に守った。後ろを見ずに出入り口へ走り、自動ドアで待ちかまえていた防衛員に受け止められた。

そして、それと同時に青年が母親を捕まえた。手首を摑んで吊《つ》り上げ、自分の盾にするように片手で押さえつけ、喉元《のどもと》に包丁を押しつける。

「その女性を離せッ！」

叫んだのは出入り口からSIG-P220《シグ・ザウエル》を構えた防衛員である。だが、それが威嚇にしかならないことは銃を構えた防衛員自身が最もよく知っている。

相手は暴漢とはいえ一般市民だ。一般市民への発砲権を図書隊は持っていない。そして相手はもはや話が半分通じていない。自分に銃が向けられていることも認識できているかどうか。

「お前ら一歩でも動いたらこの女ァ△×○●……！」

後半は舌がもつれて言葉になっていない、だが言わんとするところは充分に通じた。

現場に急行するワゴンの中で、無線に耳を傾けていた小牧が溜息をついた。

「犯人を刺激しないように防衛員は閲覧室から下げさせられたらしいよ」

そうか、と運転席の堂上も苦く呟く。

「人質は若いお母さん。相手は酷《ひど》い錯乱状態で話がほとんど通じない」

「木の芽時だからな」

そして堂上が信号待ちで三列シートの真ん中の郁を振り向いた。

「準備できたか」

「一応……」

仕上げの口紅を引きつつ郁は答えた。堂上と付き合うようになって少しは化粧も巧《うま》くなった。もっとも堂上は薄化粧が好みで結局ナチュラルメイクばかりだが、今日ばかりはいつもよりも派手に仕上げている。

そして服装は痴漢事件のときの釣りに準じたお嬢系ミニスカートだ。

釣れるかどうか分からんが万が一にも釣れて犯人が人質を交換しようとしたらしめたものだ、とは当然のごとく玄田の発案である。堂上はいい顔をしなかったが、郁が犯人の懐に潜り込めたらほとんど一発で片が付くということは認めざるを得なかったらしい。

そして、今日は隊に進藤《しんどう》も混じっている。最後部の座席で手塚に使い方を教えているのは、当麻の事件のときに使ったという後方支援部謹製電動ガンであるという。

「これが意外とバカにならん威力でな。顔でも撃ってやればかなりのダメージだ。凶器くらいは取り落とすだろう。今回は現場が室内だから近距離だし風もないし、弾がブレる心配もない。間違って人質や笠原に当たっても死ぬわけじゃないしな」

「なるほど」

「ちょっ、そこ！　できるだけ当てないでくださいよ！」

後部座席の二人に苦情を申し入れながら郁は口紅をしまった。

第二図書館に到着してから、郁が閲覧室に誤って入ってしまうシナリオの打ち合わせをした。空気の読めない女子大生が制止を振り切って中へ入ってしまうという設定だ。

「演技力は必要ない、お前が空気を読めないのはいつものことだ。素で行ってこい」

と、堂上もひどい言い草である。

どうせ、とむくれた郁の頭にぽんと手が載った。

「相手が釣れるにしろ釣れないにしろ、事件が解決するまで閲覧室から出られないことになる。無茶はするな。無事でいろ」

その手から本気の心配が伝わってきて、むくれた気分は吹っ飛んだ。

「大丈夫です、長袖《ながそで》の防刃服着込んでますから。斬りつけられる程度なら重傷になりません。夏じゃなくてよかったです」

「上半身だけだろう」

堂上の顔がますます渋くなるが、これは心配の表情だ。

「もし懐に入り込めたら一瞬も躊躇《ちゅうちょ》するな。手加減は一切不要だ。責任は俺が取る」

頷いた郁に、小牧が敢えてのように軽い口調で声をかける。

「笠原さん、トイレ行っといたほうがいいよ。それから鞄にペットボトル入れたね？」

もし犯人が釣れなかった場合、郁の役目は犯人が籠城《ろうじょう》して二時間近くが経つ閲覧室の利用者や館員に水を届けることだ。

「大丈夫です、ショルダーに水の2Lボトルが二本入ってます！」

そして郁は最後にトイレに行き、先の読めないシナリオは始まった。

「駄目です、今は入らないでくださいっ！」

「ええーっ、でも明日までのレポートがあるんですぅー！」

「待ちなさい！」

第二図書館の防衛員が止める声を打ち合わせどおりに天然を装って無視、郁は自動ドアから閲覧室に入った。

室内に踏み込んで息を飲み、足を竦ませる。その仕草は巧くできただろうか。

「君！　すぐに外へ出なさい！」

連絡を取れない状況で当然打ち合わせ内容が伝わっておらず、それだけに切迫した館員の声がカウンターから飛ぶ。

「早く！」

郁はせいぜい怯《おび》えた表情で犯人を見つめた。犯人は頭のてっぺんから爪先《つまさき》まで舐《な》めるように郁を見つめた。

「オマエ。こっちに来い」

抑揚のない命令が下される。釣れた——か？

「駄目よ！　あなた外に出て！」

勇気のある母親の声が郁を促すが、犯人は黙ってろと音階の外れた奇声を上げた。

「オマエが来なかったらコイツを殺す」

　さすがに母親もそれ以上は何も言えず、青い顔で黙り込む。

　郁にとっては願ってもない脅迫だが、迷わず足を踏み出すと不自然だ。怯えて立ち尽くした態を装ってまだ粘る。

「来いっつってんだろォ！」

　怒鳴られて、やっと郁は怯えたように足を踏み出した。

　迂闊《うかつ》に喋《しゃべ》ったら大根がバレる。恐くて喋れない、そんな表情を心がけながら一歩ずつ近づく。

　少し手前でこらえかねたように立ち止まった。

　さあ。焦《じ》れろ。

「来いって言ってるぁああ！」

　犯人は舌が回りきらないままに怒鳴って母親を突き放し、それまで母親を捕まえていた手を郁に――伸ばした！

　鞄を放り捨て、郁はその手を取った。できれば凶器を持った手を取りたかったが仕方がない。仲間のフォローを期待するしか。

　もし懐に入り込めたら、
　一瞬も躊躇するな！　手加減は一切不要！

　郁は取った腕をねじり上げ、そのひねりを使って肘《ひじ》から先を力任せに折った。

　――うわ、やな感触！

検閲抗争の接近戦などで何度か経験しているが、人の骨を壊す感触には未《いま》だ慣れない。

男の喉から垂れ流すように濁音ばかりの悲鳴が上がった。

断末魔の獣のような声を上げながら、男が凶器を振り上げる。

「笠原伏せろ！」

進藤の指示だった。郁は迷わず床に伏せ、そのまま横転して犯人から距離を取った。凶器を取り落とされたら自分の上に落ちる恐れがある。

実弾よりも軽い、だがそのぶん速い連射で続く銃声が二重奏で響く。進藤と手塚が電動ガンを犯人に向かって乱射しながら突入してきたのだ。弾道がブレる心配のないフィールド内で、二人の射撃は神懸かったように正確だった。郁が顔を上げて窺うと、ゴム弾は男の顔と凶器を持った手に容赦なく集中している。男は凶器を振り回すことも叶《かな》わず包丁を持った手で目元を庇《かば》うだけだ。

やがてその包丁が取り落とされた。

「手塚ッ！」

進藤の指示で手塚が男を取り押さえ、凶器を持っていた手に手錠を掛けた。郁が折った側の手にはさすがに掛けられない。

「作戦終了！」

進藤の宣言で飛び込んできたのはまず堂上と小牧、そして第二図書館の防衛員たちである。

犯人に突き飛ばされた母親はカウンターの館員に既に助け起こされており、防衛員の一人が連れてきた子供と引き合わされた。

しっかり抱き合って号泣する親子は、母親も無理をして気丈であったことを周りに知らせた。

よかった、と思わず口元がほころぶ。そのとき郁の頭に手が載った。手だけで分かる。

「よくやった。百二十点満点のスピード解決だ。人質も怪我一つないしな」

「ありがとうございます。犯人は……」

「第二図書館の防衛部に引き渡した」

それから堂上はやや気兼ねしたように尋ねた。

「怪我は」

「ありません」

そして郁は頭を掻《か》きながら笑った。

「けど、他人の骨ぶっ壊す感触は何回やっても慣れませんね」

「でもまあ、躊躇なくやれるだけ大したもんだ」

「だって躊躇も手加減もできる相手じゃありませんし。肘壊さなかっただけ手加減です」

警察に引き渡すまで確認は取れないので誰もが口に出さないが、おそらく薬物使用者だ。

「だけどあたしでも釣れちゃうもんですねー。水配るほうになるかと思ってました」

「釣れることが大前提の作戦だ」

堂上は渋い顔で呟いた。

「玄田隊長も最近お前をちょっと気軽に餌に使いすぎだな」

「まあ、油断を誘えてしかも格闘能力も高い人材だからね。やっぱり隊にそういう女性がいると使い勝手はいいよね、言い方悪いけど」

話に入ってきたのは小牧である。

「しかも餌として魅力的だから」

言われつけないことを言われて郁は思わず固まった。

「そ、そんなことは……」

「ご謙遜《けんそん》。実際釣れたじゃない」

「俺なら顔に返り血飛ばして笑う女なんか願い下げですけどね」

言いつつ戻ってきたのは手塚である。相変わらずの辛辣《しんらつ》な評価は逆にほっとした。

「手塚は特殊例をクローズアップしすぎだよ。今笠原さんがフリーだったら手を挙げたい奴らはけっこういるんじゃないかな」

「そいつらの感性が理解できません」

「色んな意味で育てた奴の手柄だろ。人が育てたもんに指咥《くわ》えるほど落ちたくないもんだな」

進藤がものすごく意味深長な台詞《せりふ》で合流し、引き上げを告げた。

い、色んな意味ってどういう意味まで！

「そういうことだ。お前も少しは自覚しとけ」

堂上が少し不機嫌そうな声で呟き、先に立って歩き出した。

少しは自覚しとけ。

＊

そう言われたことを真に受けたわけではないが、郁は帰還してすぐ囮《おとり》用に使った服をいつもの戦闘服に着替えていた。平常営業に戻って一番落ち着いたのは自分である。

そして出動人員が帰還して一時間と経たない間に事件に関するミーティングが始まった。

「やはり薬物中毒者だったそうだ。覚醒剤《かくせいざい》だな」

初《しょ》っ端《ぱな》の玄田からの報告に郁は目を丸くした。

「もう分かったんですか⁉」

いくら何でも情報が早すぎる。すると玄田は自慢気にふふんと笑った。

「俺は警視庁に『親戚《しんせき》』がいるからな。情報が早いのは柴崎だけの特権じゃないぞ」

「えっ、初耳！」

素直に驚いた郁に、周囲の隊員がくすくす笑う。堂上が苦い顔で郁の袖を引いた。

「平賀《ひらが》刑事のことだ。あちらも大概迷惑だろうよ」

ああ、意味ありげな『親戚』の発音はそういうことか、と郁も遅ればせながら納得する。

ちなみに柴崎はこのミーティングには参加していない。異例のスピード解決で終わった程度の事件で顔を出す暇はないのだろう。最近では特殊部隊において柴崎が来るかどうかが事件の規模を量る規準になりつつある。

「まあ、どう撥《は》ねっ返るか分からん犯人相手に笠原はよくやった。夕方のニュースでは図書隊への批判が出るだろうが、それは気にする必要はない。犯人を負傷させた件についてもヤク中が若い母親を人質に取っていた状況で手加減なんぞしたら人質の命が保証できんからな。速攻で犯人の戦闘力を奪うとしたものだ」

「一応、前腕骨の単純骨折を狙ったことで手加減のつもりだったんですけど……」

「何だ、そんな手加減してやったのか。肘をぶっ壊してやってもどこからも批判なんか出んぞ、こんな事例。犯人の負傷より人質の無傷救出がクローズアップされる」

玄田の言い分は犯人の肘など壊してやればよかったんだと言わんばかりである。

「批判というならむしろ、危険人物の侵入を図書館に許したことに集中するでしょうね」

そう発言したのは小牧である。これに答えたのは緒形《おがた》だ。

「だが、玄関で挙動が不審じゃなかった以上は止められなかったのも無理はない。まさか玄関に金属探知機を仕込むわけにもいかんし、利用者の手荷物検査をやるわけにもいかん」

誰もが平易に出入りして利用できるということが図書館の信条である。そんな措置を取れば利用者から苦情が殺到するのは目に見えている。

「ま、どうせこうした事件のときにお定まりの危機管理批判だ。ノイズだと思って聞き流しておけばいい」

玄田がばっさり斬り捨てた。

「しかし、検閲抗争は例外として、それ以外は図書館は安全だと信じている利用者が多いのは気になるところですね」

堂上が難しい顔で発言した。

図書館然《しか》りその他の公共施設然り。利用者の出入りを厳しくチェックするわけにはいかない以上、不審者が利用者を装って出入りすることは充分可能で、またままあることである。実際、館内巡回をまめにしている図書館ですら大小の事件は頻繁に起きている。

図書館の危険は検閲抗争や良化法賛同団体の威嚇行動だけではないのだ。

利用者と不審者の線引きは難しく、今回のような事件が発生することは稀《まれ》にしても、席取りのつもりで置いた荷物が置引きに遭ったり、ホームレスがねぐら代わりに通い詰めたりなどは日常茶飯事だ。

置引きや盗撮・痴漢、子供への悪戯《いたずら》・連れ去りなどを注意する張り紙で図書館側は対応しているが、利用者に危機意識がなければどうにもならない。鞄が消えてから「置引きされた」と騒いでも遅いのだ。

ましてやそれが子供の誘拐などになったら。残念ながら、その想像力が欠如している利用者は少なくない。

ホームレスの居座りについてはもっと対処が難しく、異臭などの苦情でうっかり退去を願うと「人権を侵害された」と騒ぎにされることがある。近年では『ほかのご利用者様から苦情があった場合は退館をお願いすることがございます』と先手を打った看板で対処をしている館も多いが、いずれにしても館内で騒がれたら利用者の迷惑になることに代わりはない。

かといって、居丈高に対処したらいわゆる人権屋に駆け込まれて裁判沙汰になったりもするので、繊細な応対が必要だ。そして居丈高に対処した館員の浅はかさのために穏便に終われたはずの事例がもつれることも珍しくない。

「図書館で犯罪なんて、という根拠のない安全神話が根強いことは確かですね。もし、世間に良化特務機関や良化法賛同団体がなくても、図書館が絶対安全な空間だとは言い切れないことは周知されていません」

小牧の補足に玄田が珍しく困ったように苦笑した。

「良化法さえなくなれば保育所みたいな安全な空間になると信じてるんだろうな。以前の柴崎の制裁じゃないが、児童室に子供放り込んで自分たちは喫茶室で茶を飲んでるような母親たちまでいる。危機意識は持ってもらいたいが、周知徹底は難しいだろう」

「公園とかはもう公共の場所でも注意が必要だって認識が広まってるのに」

郁がむぅっと唸《うな》ると、堂上が答えた。

「屋内で多数の一般市民の出入りがあるってことと、特に図書館は図書隊の警備があるという安心感があるんだろうな」

「だけど、その多数の一般市民の出入りを警戒するほうがずっと難しいですよ。よっぽど挙動不審じゃないと利用者と不審者の区別なんかつきませんし」

「そのぶん図書館から利用者への意識改革を進めることが重要なんだがな。現状ではともあれ防衛方が努力するしかない」

まあ今回の件に関しては、と玄田がまとめた。

「犯人が入館して三十分近くも読書コーナーで立ち尽くしていたのに、館員の対応が鈍かったことも問題だろうな。暴れるわけではなかったので単独行動が可能なレベルの知的障害者かと思ってそっとしておいたとのことだが、それにしても三十分も異様な挙動を続けていた利用者を放置していたのは問題だ。その時点で防衛員に誘導なり声掛けなりを依頼していれば適切な処置が取れたはずだし、こんな事態にはなってなかっただろう」

「図書館業務部にも改めての危機管理講習が必要ですね」

緒形がそう受けて会議を畳んだ。

会議が終わって各員が持ち場に戻り、玄田は隊長室に戻った。

携帯から折口《おりくち》に電話を掛ける。

「はいもしもし、玄田くん？」

相変わらず歯切れのいい応答が返ってくる。

少し息が弾んでいるのは、目に浮かぶ律動的な足取りで歩いているのだろうと想像がついた。

「今回の事件はそっちでも記事にするんだろう？」

「ええ、もちろんよ。明日にでもそっちの立役者たちの取材に伺おうと思ってたとこ」

「少し頼みたいことがある」

「何かしら」

「図書館という空間の危険性を利用者に警鐘するページを作ってもらえるか」

世相社《せそうしゃ》において良化法についての第一人者であり、必然的に図書隊の第一人者でもある折口だ。笑みを含んだ声が打って響く呼吸で返ってくる。

「分かったわ。台割りを少し考えてみる。でも『新世相』の読者層的に玄田くんが届けたい層に効率よく情報が届くとは限らないから、育児雑誌の部署にも提案を投げてみるわね」

「すまんな」

「今さらよ。運命共同体でしょ、私たちは」

いい女だな、お前は。道化たようにそう言うと、それも今さらよ、と澄ました声で返された。

折口のほうが役者が一枚上手だった。

*

寮に戻って会議結果を報告すると、柴崎が痛いところを衝《つ》かれたようにコタツに突っ伏した。

「そうなのよね〜〜〜〜〜〜」

「って、何が」

「今日の第二は他人事《ひとごと》じゃないってこと。特に第一のほうは基地付属図書館だし、何しろ特殊部隊のお膝元《ひざもと》だから館員に油断があることは確かだわ。『何かあったら特殊部隊を呼べばいい、同じ敷地内なんだからすぐに特殊部隊が駆けつけて何とかしてくれる』ってね。そういう意味では防衛方に対する依存心は第一図書館のほうが強いとも言えるわ」

　柴崎のように各部署を行き来し、図書館の情勢を多角的に把握している館員は稀だ。毎日の図書館業務に従事するうち、ついつい危機意識を薄れさせる館員は珍しくない。

「検閲や良化法賛同団体の利用妨害に関してはピリピリしてるけど、日常の中の危険となるとね。防衛方丸投げで先読みまではしない館員がほとんどだわ」

「柴崎がずっと閲覧室業務ならねえ」

　どうやら柴崎が単なる業務部員ではなく、特殊な役割も兼任しているらしいことは郁も薄々とだが察している。

「もしそうだとしても、あたしだって館内業務が立て込んでるときに全体に目を光らせることなんてできないし？」

　柴崎も敢えて郁の微妙な鎌《かま》かけを否定しようとはしない。

「やっぱり緒形副隊長の言ってた業務部の危機管理講習を定期的に行うことが必要ね。関東区全体の課題になると思うけど。それから、これはますます業務部の防衛方への依存心が出ててお恥ずかしい限りなんだけど……」

　柴崎が顔をしかめた。

「事件の有無に関わらず、閲覧室に私服警備を常駐させてほしいって意見が出てるわ」

「えー！」

　郁も思わず声を上げた。

「そりゃ、防衛部と特殊部隊でローテーション組めば不可能じゃないけど……それ第一図書館で始めたら、絶対ほかの図書館から不公平だって苦情が来るよ。都内の全図書館を引き受けることになったら本来の警備が手薄になっちゃう。館内の巡回や市街哨戒《しょうかい》もあるし、訓練だってあるんだよ。今の防衛規模じゃ絶対ムリ！」

だからこそ利用者レベルにおける日常のトラブルや事件に関しては業務部が監視し、異常を発見したら防衛部に応援を依頼するシステムになっているのだ。

「まあだから、確実に彦江《ひこえ》司令で却下されるけどね。あの人も防衛部から上がってきた人だし、業務部のそんな甘えは許さないでしょ」

彦江とは因縁が深く苦手意識が強い郁だが、彦江が司令になってからその公正さは認めざるを得なかった。行政派とはいえ不当に原則派を圧迫することはないし、却下すべきは却下する。自分の経験が足りないと思った部分で稲嶺《いなみね》を招聘《しょうへい》することも躊躇しない。

「意外といい司令になったよねー、彦江司令って」

「性格が狷介《けんかい》だから損してる部分もあるけどね」

「確かに近寄りがたいもんね」

そういえば、と柴崎が話題を変えた。

「今日はあんたも大活躍だったそうで」

「あー……一応、人質無傷で犯人の前腕骨骨折が釣果かな」

釣れるとは思ってなかったんだけどね、と郁は頭を掻いた。作戦が終了してから上官たちに寄ってたかって聞き慣れない評価を食らっているので調子が出ない。

「成長したもんよねー、あんたも。その緊迫した状況に一人で投げ込まれて、しかもがっつり魚釣り上げてくるんだもんね」

「あたしで釣れてくれるかどうかが最大の焦点だったから。懐に飛び込めさえすればね」

「またまた、ご謙遜《けんそん》を」

柴崎が言いつつニヤニヤ笑った。

「言っとくけど手塚の意見って少数派だからね」

「だから何だ、あんたたちの間のその情報の筒抜け加減は!?」

「協定結んでるからー」

柴崎はうふっと笑ってそれは流した。

「同期の奴らで悔しがってる奴けっこういるわよー。あの山猿があんなに化けるなんて反則だ、分かってたらみすみす上官になんか持っていかせなかったのにって」

「そ、そんなのっ……！」

「そうよ、堂上教官がどんどんかわいくしていったことも分かんない程度のお馬鹿さんの言うことだけどね」

「……少しは自覚しとけってそういう意味かなぁ」

郁はテーブルにぺたりと頬を載せた。

「でもあたし、中身は全然変わってないよ」

もし、あたしが……かわいく、とか、なったんだとしたら、

「好きな人が堂上教官だったからだよ。仕事で使える奴にしてくれたのも堂上教官だし」

「あんたのそういうとこがめちゃくちゃかわいいっ！」

「ギャーいきなり抱きついてくんなー！」

「そうよね、あんたのかわいさの真髄を分かってなかった俄《にわか》が今さらあんたに指咥えるなんてあたしがまずもって許せないわー！」

「分かったいいから落ち着け離れろー！」

「あ、今の怒鳴り方堂上教官に似てる」

あっさり正気に戻った柴崎が郁から離れた。郁は微妙に柴崎から距離を取って縮まった。

「何であんたはときどき思い出したみたいに百合《ゆり》みたくなるかな」

「だってあんたってときどきかわいいんだもーん」

「ときどきかい！」

突っ込んだ郁に柴崎はまたさくっと話の方向を変えた。

「まあ、特殊部隊は基本的にあんたと手塚以外は大人の集団だし、妙な心配要らないのが堂上教官には救いだろうけど」

「とても大人の集団とは思えないんだけどあの人たち」

「そこが分かんないとこがあんたガキ。ガキの集団だったら毎度あんな統率取れたバカな無茶ができるわけないでしょ」

「それもそうか……なぁ」

微妙に首を傾げながらも頷くと、柴崎が「それはそれとして」と付け足した。

「さっきあたしに言ったみたいなことは本人に言ってあげたほうが多分喜ぶと思うわよ」

むぅ、と郁は悩んだ。

多分わざわざ言わなくても分かると思うけど――でもあたしも分かってることでもわざわざ言われると嬉《うれ》しいし、もしかしたらそれは相手も同じだったりする、か？

しばらく考えた末、郁は携帯を持ってベッドに移った。そしてメール画面を操作する。

「堂上教官にメール打つとき必ずベッドに入るとこもかわいくて好きよー」

あからさまにからかい口調の柴崎を、郁は「うるさい！」と一言でやっつけた。

自分で気づいていない癖だったので、指摘されて気恥ずかしかったせいもある。

面と向かってにしろ電話にしろ口で言うには憚《はばか》られる内容だったのでメールを選んだのだが、苦心惨憺《さんたん》して組み立てたメールを送信すると堂上からの返信は速攻だった。

あんまりかわいいこと書いてくるな、バカ
素っ気ない一行に顔がにやける。

やっぱり柴崎の言うとおり、伝えてよかったなと思えた。

*

「あの……子供の姿が見当たらないので探してほしいんですけど」

事件の数日後、大人しそうな若い母親からの夕方の申し出はタイミングがタイミングだっただけに武蔵野第一図書館は館員騒然となった。

「お子さんのお名前と年齢は？」

「高木《たかぎ》雄大《ゆうだい》、四歳です」

「服装は」

「キャラクター物のTシャツに黒いパーカー、ジーンズの半ズボンです」

「はぐれた時間の見当はつきますか？」

「さあ……三時からのお話し会が終わってから、借りる本を探すのに別行動して……そろそろ買い物をして帰ろうと思って児童室に迎えにいったらもういませんでした。活発な子ですから、別の場所で遊んだり庭に出たりしてるのかと思って探してたんですけど、どうしても見つからなくて……」

母親を事情聴取していた館員が尖《とが》った声を出す。

「先日の吉祥寺での事件はご存じないんですか？　当館でもお子さんから目を離さないようにとお願いする張り紙を入り口にしているはずですが」

「でも……」

母親がやや遠慮がちに反論する。

「四歳の男の子からずっと目を離さないなんて無理です。やんちゃ盛りですし、自分の用事は何もできなくなります」

「あのねえ、お母さん」

母親を責めるモードに入りそうになった男性館員を見かね、柴崎は割って入った。

「大丈夫ですよ、お母さん。すぐに探しますし放送もかけますからね」

母親は肩を縮めて俯いてしまっている。柴崎は不満そうな男性館員を無視してその母親の肩をさすった。

「勝手におうちに帰ったりしないように約束はしてありますか？」

「はい。出ていいのは図書館のお庭までって」

「なら大丈夫ですよ、すぐ見つかりますから。児童室で待っててください」

言いつつ柴崎は児童室まで母親に付き添った。

『○○幼稚園きりん組の高木雄大くん。お母さんが絵本の部屋で待っています。すぐお母さんのところに帰ってください』

その放送は既に三回目だった。

「まさか連れ去りとか……」

郁は不安そうに歩調を早めながら放送のスピーカーを見上げた。吉祥寺の事件があって数日、業務部もピリピリしているだけに館内警備だけでなく手の空いている防衛方も雄大少年の捜索に駆り出されており、訓練中だった堂上班も私服（館内警備ではなかったので本当に通勤用のラフな私服だ）に着替えて館内を回っている。堂上と郁は公共棟側だ。

「大丈夫だ」

一緒に組んでいた堂上が短く断言する。断言してから根拠の説明が来た。

「さすがにこの時期、防衛部も利用者のチェックには敏感になってる。それに母親が高木雄大を見失ったのは三時のお話し会が終わってからの話で、まだ二時間と経ってない。各出入り口の警備の記憶もまだ鮮明だし、高木雄大らしき少年が出ていくところは確認されてない」

「じゃあ図書館の中で遊んでるんでしょうか」

「公共棟まで含めたら広い建物だし、子供が探検しがいのある施設だろう。母親の情報によると活発な子供らしいし、冒険心が疼《うず》くのも無理はない」

「でもこんなに何回も放送かかってるのに……」

「遊びに熱中すると放送なんか耳に入らなくなるからな、ガキってのは。放送で素直に戻ってくるなんて逆に珍しいぞ。本人が迷子になったことに気づいて初めて泣き出すんだ」

「じゃあ出てこない子供探す手立てって」

「自分が子供の頃を思い出すしかない。こういう施設に入って何するのが一番楽しい？」

郁はしばらく考え込み、思いついた。

「『秘密基地』!」

正解、と堂上が郁の頭を軽く叩《たた》いた。そういえば、子供が入り込めそうな隙間などを覗いて歩いていた郁に対し、堂上は少し余裕のありそうな空間をチェックして回っていた。施錠していない部屋の物入れや演台の下、外階段の踊り場など。

「堂上教官の経験上の場所ですか」

少し余裕が出てきてからかい口調で訊くと、堂上からは軽いゲンコツが返ってきた。

「公共棟側では後は大講堂か……」

後方支援部がシルバー人材センターに委託している毎日の掃除があるので、基本的には換気も兼ねて扉を開放している。

「秘密基地が百は作れそうですね。それも子供の好きそうな隙間がいっぱい」

郁は言いつつ溜息をついた。

「仕方がない、行くぞ」

堂上も多少辟易《へきえき》した声になっていたが、二人で大講堂に向かった。

堂上班で図書館棟を担当していたのは小牧と手塚である。

「やっぱり『秘密基地』だろうね」

「でしょうね」

男同士だけあって認識のすり合わせは早かった。

四階から上は応接室や館長室など、一般利用者の立ち入りを躊躇させる独特の雰囲気がある。ということは利用者のための施設が集中している三階までだ。

そしてその三階の小会議室の教卓の下で小牧と手塚はその少年を見つけた。キャラクター物のTシャツに黒いパーカー、半ズボン。母親の証言と服装は完全に一致している。

「見ーつけた。高木雄大くんだね？」

小牧が覗き込んで声をかけると、少年はぱっと二人の間をすり抜けて逃げ出そうとした。だが、子供に出し抜かれるようでは図書特殊部隊《ライブラリー・タスクフォース》の名が廃《すた》る。手塚がさっと少年を捕まえて横抱きにした。

「はーなーせーよー！」

じたばた暴れる雄大を手塚は意にも介さず歩き出し、小牧がお説教に入る。

「遊びはおしまい。お母さんが心配してたよ、お母さんのところに戻ろうね」

「あそびじゃないやバカー！　はなせー！」

活発だという母親の証言もやはり当たっているらしい。

「自分で歩くなら下ろしてやる」

手塚の容赦ない宣言に、雄大は諦《あきら》めたように力なくぶらんと手足をぶら下げた。

「わかったよー……」

手塚が雄大を床に下ろす。その途端、無抵抗になったのが嘘のように駆け出そうとして手塚と小牧が同時に雄大の左右の腕をそれぞれ摑んだ。

「読めてます」

小牧が雄大少年ににっこり笑いかけ、雄大は利かん気な表情を剝《む》き出しに地団駄を踏んだ。

「こちら図書特殊部隊堂上班、小牧・手塚組。一六四〇《ヒトロクヨンマル》を以《もっ》て雄大少年を発見、確保しました。ただちに閲覧室へ戻ります」

小牧が無線で捜索に当たっていた人員に告げ、雄大を連れて二人は閲覧室へと向かった。


閲覧室内の児童室で待っていた母親は雄大が戻ってくるなり駆け寄った。

「もう、雄大ったら！」

そのまま膝《ひざ》を突いて雄大を抱き締め、肩が震えているのは泣き出してしまったようだ。

雄大は棒立ちになって不満そうな表情で母親に抱き締められている。

「確かにあの子じゃお母さんも大変でしょうね」

捜索が終了して閲覧室に戻っていた郁が苦笑しながら呟くと、堂上もそうだなと笑った。

が、その日から図書館はこの親子に振り回されることになった。

＊

『〇〇幼稚園きりん組の高木雄大くん。お母さんが絵本の部屋で待っています。すぐお母さんのところに帰ってください』

その放送は三日と空けずに図書館に流れるようになった。

「またかよ！」

捜索に駆り出される防衛方や館員からは愚痴の嵐だが、毎回捕まっては連行されてくる雄大のやんちゃっぷりや生意気ぶりを目の当たりにすると、母親を責めるのも気の毒になってくるのが人情である。特に既婚で子持ちの隊員からは同情が集まった。

そんなある日のことである。

「おい！」

雄大がカウンターの柴崎に声をかけてきた。

「『おい』じゃないでしょ、『おい』じゃ。せめて『ねえ』って言いなさい」

柴崎が軽く睨《にら》むと、雄大はやや慄《おのの》いたように「ねえ」と言い直した。

だがその後がやはり雄大である。

「おれのお菓子かえせよ！」

「あんたのお菓子ィ？」

柴崎は怪訝な顔をして、それから思い当たった。

昨日、シルバー人材センター派遣の掃除のおばさんに妙な忘れ物を報告された。玄関の観葉植物の鉢の陰に口を縛ったレジ袋が隠されており、不審物かと思って玄関の警備を呼んで中身を確認してもらったら各種のお菓子だった——というものである。

子供の忘れ物だろうからと忘れ物箱にそのまま入れることになったのだが、正体はこいつかと柴崎は苦笑した。

「出入り口のとこの忘れ物箱に入ってるわよ。勝手に持っていきなさい」

忘れ物箱には基本的に貴重品は入れていない。ハンカチや子供のオモチャなど些細《ささい》な物品が主で、貴重品の忘れ物はカウンターにお問い合わせくださいと箱に張り紙をしてある。

雄大は「ありがとっ」と言い捨てて忘れ物箱に駆けていった。

だが、その後も雄大のものらしいお菓子の忘れ物は繰り返された。発見する掃除のおばさんによると、手を替え場所を替え見つからないようにあちこちへ押し込んであるという。

雄大はもうお菓子の行き先を尋ねてくることはなく、忘れ物箱へ直行だ。

「……どっかに巣でも作るつもりじゃないでしょうね」

柴崎は渋い表情で忘れ物箱を引っ掻き回す雄大を遠目に眺めるようになった。

シルバー人材センターからの派遣とはいえ、図書館に勤めて長い掃除のおばさんは大層優秀で、雄大の隠したお菓子を百発百中で見つけてくる。そもそも良化法賛同団体が置き去りにする不審物を館内警備とダブルチェック・トリプルチェックする役目も負っているのだから、子供の浅知恵などは彼女たちの前にはひとたまりもない。

だが、初夏を迎えこれからは気温もどんどん上がってくる。

忘れ物箱での保管中に傷んだお菓子で食中毒でも起こされたら、それは図書館の責任になる。

一応は生菓子などが混じっていないことは確認しているが、

「そろそろ捨てるかカウンター預かりにして冷蔵庫保管にしたほうがいいかしらねー……」

柴崎が寮で事情を説明しつつ郁に相談すると、郁も苦笑した。雄大の捜索には堂上班も既に何度か参加している。

「よっぽど遊び場として気に入っちゃったのかなー、図書館が。巣作りって楽しいけどね」

帰寮したばかりの郁は通勤の私服をジャージに着替えながら答えた。

「食べ物はそろそろやばいよね。捨てるのはかわいそうだから、冷蔵庫で保管にしたら?」

「いや、もう捨てる。クセつけさせて他の子供にも流行したらやばいわ」

郁に相談したことで気持ちが固まった。柴崎は毅然《きぜん》と宣言し、郁も異は唱えない。

「そうか、そういう心配もあるよね。うん、捨てるかお母さんに返すかだね」

母親に返すことは思いつかなかった。それはいいかもしれない、と柴崎も頷く。

「子供のイタズラとはいえ、一応私物は私物だものね。捨てるより親に返したほうがいいかも……ありがと笠原、いいアイデアだわ」

「そう?」

郁も満更ではなさそうな顔だ。

「男の子は元気が一番っていうけど、雄大みたいにわんぱくすぎるとお母さんも大変だよねえ。あたしがお母さんでも言うこと聞かせる自信ないもん」

「そうねえ、振り回されてばっかりみたいだし。全然子供のコントロールが利いてないことは確かね。それが雄大の個性でもあるんだろうけど」

柴崎からすると苛立《いらだ》つこともままある優柔不断な母親だが、子供のコントロールができない親など今どき珍しくもない。雄大の母親は雄大が騒ぎを起こす度に気の毒なほど萎《しお》れて謝る分だけ開き直りの激しい保護者よりはマシなくらいだ。

「まあ、大物っちゃ大物なんだろうけどね、雄大みたいな子は」

子供の頃は兄妹そろって確実に大物っぷりを発揮して暴れ回っていたであろう郁は、他人事《ひとごと》のようにそんなことを言って笑った。


次に雄大のお菓子が発見されたとき、柴崎はそれを忘れ物箱に入れなかった。

「あれえ？」

雄大が怪訝な顔で忘れ物箱を引っ掻き回しているのを尻目《しりめ》に、書架の間で本を見ていた雄大の母親に声をかけ、カウンター近くの物陰に呼ぶ。

不安そうにおどおどとついてきた母親を怯えさせないように、柴崎は得意の営業スマイルを全開にした。

「雄大くんのことなんですけど……」

「はい、また何か……」

「いえ、大したことではないんですが」

言いつつ柴崎はカウンターの中に置いてあった雄大のお菓子入りレジ袋を取り出した。昨日は公共棟の空き部屋の換気口から発見されたという。

「雄大くんがこのようなお菓子をいろんな場所に隠す遊びに凝っているようで。今までは大目に見てたんですが、これからの時期は食中毒の心配もありますし、他の子供に流行《はや》っても困りますので。かといって捨ててしまうのもかわいそうですから、お母さんにお返ししようかと。ついでにこういう遊びをしないように言い聞かせてくださると助かります」

「はい、すみません……」

母親はうなだれてレジ袋を受け取った。

「いつもご迷惑ばかりかけて……」

母親とのやり取りが終わり、柴崎がカウンターに戻ると刺すような気配を感じた。人の気配に聡いことでは人後に落ちない柴崎である。的確にその方向に目を上げた。

すると、雄大が幼児とは思えないような憎悪の眼差《まなざ》しを柴崎に向けていた。

柴崎が静かに見返し続けると、雄大はやがてぱっと踵《きびす》を返して児童室の中に駆け込んだ。

どうやら敵認定されたらしいが、柴崎も義務を曲げて雄大の遊びに付き合ってはいられない。ひねくれるなら勝手にひねくれてなさい、と柴崎は気持ちを切り替えた。

＊

その日も雄大が夕方に姿を消した。

館員にも防衛方にも「またか」という気持ちがあったことは否めない。

そしてその日は堂上班が図書館業務に入っている日だった。防衛部からも捜索人員が出たが、もちろん堂上班も捜索に加わる。

今日の割当ては堂上・郁が図書館棟、小牧・手塚が公共棟となった。

地下から回るぞ、と言った堂上に郁は首を傾げた。

「地下は利用者立ち入り禁止になってますけど」

「ゲートチェックがあるわけじゃない、子供なら館員の目を盗んで入り込める可能性はある。雄大も何回も捕まってる、子供なりに見つかりにくい場所への忍び込みを考えるだろう。いざ入り込もうと思えば子供のほうが小さくてはしっこい分、大人よりも見つかりにくい」

地下にはカウンター奥に位置する一階業務部フロアを通り抜けた階段か、エレベーターからでないと下りられない。部外者はカウンター内に入り込んだ時点で当然見咎《みとが》められるだろうが、子供なら人目を盗んでフロアまで入り込める可能性はある。そして雄大ははしっこい。

もう聞き慣れた呼び出しの放送がまた流れはじめた。

「地下にも放送が届くように流してるのもそのためだ。まあ、呼び出して素直に出てくるようなガキじゃないから徒労だけどな」

堂上が放送を聞きながら軽く肩をすくめる。郁は階段を下りながら堂上に話しかけた。

「雄大、最近お菓子を持ち込んで隠すの企《たくら》んでたらしいですよ」

「そりゃ本格的に巣作りを狙ってるなぁ。秘密基地は男の夢だが」

「女の子の夢でもありますよ」

「お前の少女時代はスタンダードじゃない可能性があるからな」

「ひどーい！」

郁が堂上の肩を軽く叩くと堂上も笑いながらいなし、郁は話を続けた。

「いろんなところにお菓子隠してあるんですって。柴崎がこないだ母親にお菓子を返して注意してからは止んだみたいですけど。もうこの時期だと食中毒とか恐いですからね」

「まあ順当な措置だな」

「でも柴崎はそれからめっきり嫌われたみたい。捨てるのかわいそうだからお母さんに返したのに、柴崎ちょっとかわいそう」

「問題行動のガキに嫌われたからってへこむような奴でもないだろう」

「でも利かん気な子ですよね、ホント」

地下は書庫がメインだが、業務部の部屋や物入れや倉庫代わりに使われている部屋もある。

「書庫は館員の出入りが多いし向かいに事務室もあるから、入り込むとしたらもっと奥だな」

地下は利用者の出入りがある訳ではないので、コンクリ打ちっ放しの素っ気ない造りが基本だ。だがトイレもあるし冷水器もあるので秘密基地の候補場所としては中々かもしれない。

と、通路の奥で小さな影が動いた。堂上も同時に気づいたらしい。

「笠原っ！」

走ることにはもう絶対の信頼がある。郁は奥の通路を曲がった影を追いかけてダッシュした。

その通路はいくつか物入れが並んでいるが、先は行き止まりだ。

影が逃げ込んだ通路を曲がるともう誰もいなかった。ということは並んだ物入れのどれかに隠れている。

「こらっ！　いるのはもう分かってるのよ、出てきなさい！」

郁は呼ばわって手前の物入れから開けていった。

いくつか開けて最後の一つ。

「こら、雄大！」

怒鳴りながら扉を開けると、
耳をつんざくような悲鳴が上がった。そして。

「ごめんなさいぶたないで――――ッ！　イヤアアアア――――ッ！」

金切り声のようなその懇願は、物入れの隙間にしゃがみ込んで頭を抱えている雄大のものだ。

郁は金縛りに遭ったように固まった。堂上が駆け寄ってくる、それよりも先に雄大の前に膝を突いた。

「なんで……？　あたし、あんたのことぶったりしないよ。今まで図書館の人、誰もあんたをぶったりしなかったでしょ？」

手を伸ばすとその手がガリッと引っ掻かれた。引っ掻かれた郁より引っ掻いた雄大のほうがびくっと体を竦《すく》めた。

「お前のことじゃない」

堂上が郁を押しのけて雄大の前に片膝を突いた。

「……今まで館内に隠れたこいつを見つけたのは男ばかりだったんだ」

それって――それって、どういう、
堂上は郁を一瞬見つめた。

「お前の責任じゃない。だが覚悟してそこにいろ。今の優先順位はこいつだ」

堂上は雄大に向き直り、声をかける前に雄大の胴に両手を添えた。

「俺はここから手を動かさない。どういう意味か分かるな？」

雄大が頭を抱えたまま頷いた。

「いい子だ、出てこい。俺たちはお前に何もしない」

出てこいと言いつつ、堂上はゆっくり雄大を物入れから引っ張り出した。

「殴らない。だが、一回手を離すぞ」

いちいち説明しながら堂上がゆっくり雄大の胴から手を離す。

そして、Tシャツの裾《すそ》に手をかけた。雄大がびくっと体を竦ませる。

「俺は殴らない。この女もだ。――めくるぞ」

堂上はゆっくりと雄大のTシャツをめくった。

郁は息を飲んだ。――駄目だ。声を上げるな。上げるな。この子を刺激する要素を一切作るな。あたしはブロンズの像になれ、堂上教官はいま張り詰めた綱の上を渡っている。

堂上がめくったTシャツの下から現れたのは、まともな肌色を探すことさえ難しいほど痣《あざ》で変色した胴だった。痣だけではない。煙草を押しつけたらしい丸い火傷《やけど》の痕《あと》や、おびただしい数のかさぶたも傷の上に傷を重ねるように。

「お母さんだな？」

頑《かたく》なに答えようとしないことが答えになっていた。

堂上はTシャツを下ろし、雄大を刺激しないようにゆっくり抱き締めた。

「笠原。柴崎に報告。こいつはこのまま医務室に連れていく」

はい、とかすれる声で答えて郁は立ち上がり、通路を駆け出した。


あたしがパニックになるな。郁は懸命に自分に言い聞かせた。

柴崎を見つけて物陰に呼び、懸命に事情を説明する。

柴崎は「分かった」の一言で迅速《じんそく》に動いた。業務部長と館長に報告し、児童相談所に連絡を取り、相談員の派遣を依頼する。空き部屋を確保し、雄大捜索の打ち切りを無線連絡。

雄大の呼び出し放送も何気なく切る。

そしてすべての準備が整ってから——柴崎は母親に声をかけにいった。

「お母さん、ちょっとこちらへ」

母親は業務部フロアへ先導されながら不安そうな声を出した。

「あの……雄大がまた何か」

「いいえ」

郁は母親の後ろについている。万が一逃げ出そうとしたときのためだ。

そして柴崎は確保していた部屋に母親を招き入れた。

室内には穏和な表情をした初老の婦人が先に座っている。彼女が立ち上がって深く礼をした。

「児童相談所の澤山《さわやま》さんです」

柴崎の紹介で、母親は突然その場に泣き崩れた。

ごめんなさい仕方がなかったんです――

雄大は私の言うことをちっとも聞かないし、

夫はちっとも相談に乗ってくれないし、

苛々《いらいら》して自分じゃ止められなくて、

家にいたら雄大に手を上げてしまって止められなくなるから、

少しでも外に出ようと思って図書館に、

でも家に帰ったら図書館で騒ぎを起こした分まで叱ってしまって、

「謝らなくていいんですよ。私たちはあなたと雄大くんを助けにきたんですから」

澤山相談員の言葉で母親はますます泣き崩れた。

＊

澤山相談員は母親を回収して去り、雄大も別の相談員が回収したらしい。

郁と柴崎の二人きりになった空き部屋で、柴崎が不意に呟いた。

「手当て。してきなさいよ」

「え？」

「手。雄大に引っ掻かれたんでしょ。みみず腫《ば》れになってるわよ」

露骨に追い出す口調の柴崎に、郁は抗《あらが》いきれず立ち上がった。後ろ髪を引かれるが、柴崎の気配はもう郁を完全に拒否している。

閲覧室を出たところで捜索から戻ってきた小牧と手塚に行き会った。そのとき、小牧でなく手塚を選んだのがどうしてかは自分でも分からない。

「手塚、柴崎のところ行ってあげて」

事情はもう聞いているはずだ。

「柴崎、あたしが余計なアドバイスしたせいで、雄大が館内で隠そうとしたお菓子をお母さんに返して注意しちゃったの。お母さん、絶対その分も雄大のこと……だから、」

手塚はいつものように「何で俺が」などというような物分かりの悪いことは言わなかった。

「どこだ？」

「業務部フロアの小会議室の二番」

手塚はそれを聞くなり黙って業務部フロアへ向かった。

小牧が「笠原さんもよく頑張ったね」と労《ねぎら》ってくれた。

「早く手当てしておいで。俺は閲覧室業務の中断手続きしてから事務室に戻っとくから」

郁も頷いて閲覧室を出た。


控えめなノックをして、「入るぞ」と声をかけてから手塚はドアを開けた。

中にいた柴崎は吠《ほ》えて机に伏せた。今はごまかしが利かないのだろう。声も涙混じりだ。

手塚のほうは溜息混じりに呟いた。

「来るな！」

「俺が来るなって言ったときに完全無視したのはどこの誰だよ？」

だから俺も無視する権利がある、と宣言して手塚は柴崎の向かいに座った。

しばらく言葉を迷い、頑なな姿勢の柴崎に話しかける。

「お前のせいじゃない。図書隊の誰のせいでもない。俺たちは児童虐待の専門家じゃないんだ。少なくとも図書館での雄大は困ったわんぱく問題児で、母親は一方的に振り回されて困ってるだけに見えた。そこから虐待を疑えるような教育を俺たちは受けてない」

「余計な入れ知恵したのは笠原？」

ひどいささくれぶりだ。自分が来たからといって足しになるのか、と不安になるほど。

「そんなふうに言ってやるな。どうせお前、泣くとこ見せたくなくて笠原を追い出したんだろ。それくらい笠原にも分かるんだよ。言っとくけどお前、自分で思ってるほど鉄血女には見えてないぞ」

うるさい、と柴崎が呟く。

「笠原だってな、バカだけどあんまりバカにしたもんじゃないぞ。柴崎は強く見えるけど弱い部分が他の奴らと違うだけだって言ってた。そんで、お前が生意気で意地っ張りだけど優しいことくらいは、みんな分かってるんだよ。俺も」

柴崎はもう何も答えない。手塚も言葉の経験値が尽きた。

こういうときはどうしたらいいのか。二人の上官のうち、堂上が思い浮かんだ。

少し迷いながら手を上げ、――柴崎の伏せた頭に下ろす。軽く叩くと、柴崎がぎゅっと自分の両肩を狭く抱き寄せた。

あんたなんかだいっきらい。

そう呟いて、柴崎の喉からこらえかねたように泣き声が漏れた。

だいっきらいで結構だよ。

そう答えて手塚はそのまま柴崎の頭を撫《な》でた。

＊

医務室に向かう途中、駆けてきた堂上と行き会った。

「郁！」

名前を呼ばれて堰《せき》が切れた。

俯いて涙がこぼれた、と思った瞬間抱き締められた。そのまま庁舎の陰に引っ張り込まれる。

「よく頑張った。今の優先順位はお前だ。もう泣いていい」

嚙み殺しながら、それでも嗚咽《おえつ》が漏れた。

郁と雄大の母親の間には女性という共通項しかなく、郁は雄大の隠れた物入れを開けたときも普通に児童室のいたずらっ子を叱る程度の声しか出していない。

それでも、女性に隠れ場所を見つかったというだけでパニックになるほど雄大は、――酷い虐待を受けていたのだ。

雄大のほうが問題児に見えたので分からなかった。母親も雄大の胴があんなことになるほどの仕打ちをするようにはとても見えなかったので、やはり分からなかった。

雄大は秘密基地など作ろうとしていたのではない。

「家出、しようとしたんだ……」

郁はしゃくり上げながら呟いた。

来る度どこかしらへ隠して帰るお菓子は、家出のための非常食だったのだ。図書館に隠れてそれを食べ尽くして、そこから先はどうするのか。そんな未来のことまで考えられない年で、家出までしようとしたのだ。

それまで一体どんな目に遭っていたのか。

「お母さんっ……、家にいたら虐待しちゃうから外に出たって……、人前じゃ殴れないから」

それでも家に帰れば殴ってしまう。母親が自分で自分を止められないことを雄大は分かっていたのだ。

　毎回見つけ出される度、幼い心はどれだけ絶望に押《お》し潰《つぶ》されたのか。母親は雄大が見つかる度に泣きながら抱き締めた。雄大は棒立ちでその抱擁を受けていた。——一言も声を発さず。

　棒立ちで聞くしかなかったのだ、母親の心の声を。

　どうしてお母さんの言うことが聞けないの。

　どうしてお母さんが言うようないい子になってくれないの。

　完璧《かんぺき》主義であればあるほど追い詰められて虐待に走ることが多いという。雄大は母親の課題をクリアできずに叫ぶしかなかったのだ。

　郁に見つかったときのように。

「吉祥寺の事件みたいに……自分が人質になってまで子供を守ろうとするお母さんもいるのに……何で、雄大は自分のお母さんにっ……」

　吉祥寺の親子のためには釣《つ》り餌《え》になれた。犯人を惹《ひ》きつけて迷わずその腕を折れた。

　だが、雄大の母親を捕まえて腕を折るわけにはいかない。

「雄大とお母さんのためには何にもっ……何にもできないっ」

　大きくしゃくり上げた郁を堂上がますます強く抱き締めた。

「そうだ。俺たちはあの二人のために何もできない。虐待に気づくことさえ誰もできなかった。ここから先はもう忘れろ。児童相談所の案件に移った。俺たちがあの親子にしてやれる、最大かつ唯一の助力だ」

「また、図書館に来ると思いますか？」

救いを求めるように尋ねた郁に、堂上の返事は誠実だった。

「来られるようになったら来るだろう」

誠実で、だが安易な希望を無闇に撒《ま》かない。それはとても堂上らしい返事で、郁はまた嗚咽を嚙み殺して堂上の肩に顔を埋《うず》めた。

「嚙んでもいいぞ。今日は許す」

郁は堂上の服だけ嚙んで嗚咽をこらえた。

＊

梅雨が明け、学校や幼稚園が軒並み夏休みに入った頃だった。

柴崎がカウンター業務に就いていると、端末の上にばさっと口を縛ったレジ袋が置かれた。中に透けて見えるお菓子。見覚えのある様式に柴崎が思わず立ち上がると、出入り口に走り去っていく後ろ姿が見えた。

自動ドアの直前で立ち止まり、くるりとこちらを振り返りイーッと歯をむき出したのは——忘れろ、割り切れと各部署の上官から指示されてそのように装ってはいたものの、忘れきれるはずもなく覚えていた子供だった。

郁と堂上が館内巡回をしていたとき、堂上が誰かに突き飛ばされて前へつんのめった。

「堂上教官！」

郁が思わず悲鳴を上げ、堂上は踏みとどまりながらとっさに反撃の姿勢で振り返った。

その反撃が振り返る途中で止まった。

堂上を突き飛ばしたのは、半袖のTシャツを着た雄大だった。何も言わず胸までTシャツをまくり上げる。

整形手術を受けなくては治らないであろう痛ましい火傷の痕以外、ほとんど肌色に戻った胴がさらされた。

見せつけるように腹をせり出し、次に背中も。

何一つ言葉はなかった。見せつけるだけ見せつけて、雄大は走り去った。

その姿はすぐに他の利用者にまぎれて見えなくなった。

五、「シアワセになりましょう」

*

体にいいから果物を食べなさい、とお定まりの手紙付きでリンゴやみかんが互いの実家から送られてくる季節になった。

今回、郁《いく》の実家からはみかん一箱、柴崎《しばさき》の実家からはリンゴが一箱である。東京でも買える産地のものばかりだが、親というものは離れて暮らしている子供に何かと食べ物を送ってくる習性があるらしい。しかも、秋から冬にかけては果物というのも相場が決まっているようで、同じ階でお裾分けをすると逆に向こうからも柿だの梨だのが返ってくる。

せっかくなので柴崎に剝《む》き方を教えてもらい、郁も何とか各種の果物が剝けるようになった。柴崎によると球体の果物が剝けるようになれば大抵の食品の剝いた切ったには応用が利くそうで、刃物の扱いはこれで一安心である。

「そろそろ部屋とか借りたいなー」

またぞろ練習がてらリンゴを剝きながら呟《つぶや》くと、柴崎がケラケラ笑った。

「あんた、それ普通は付き合って半年目までにクリアするイベントよー」

独身者のほとんどが寮生活の図書隊員同士で付き合うようになると、やはり恋人らしいことを気兼ねなくできる場所がほしい。だが毎回ホテルなどに泊まるのもお金がかかるということで、共同でワンルームなどを借りるのが定番の恋人イベントになっている。

郁と堂上《どうじょう》は付き合いはじめて一年以上が経っている。

「実際走らすとそろって駿足《しゅんそく》のくせに付き合いは亀の歩みだわね。隊内規準からきっかり半年遅れなんてうっかりすると亀のほうが早いんじゃないのー」

「うるさいなぁ、人の恋愛速度なんかほっといてよ」

郁はミニまな板の上で割ったリンゴの芯《しん》を切り欠いて皿に盛り、爪楊枝《つまようじ》を二本立てた。

「外泊代、いつも堂上教官が持ってくれるからそれも気になるし」

「向こうのほうが階級も給料も上なんだからそこは素直に甘えとけば？」

「でも近くに部屋あったらもうちょっと二人きりになれるかなーとか」

「言ってみればぁ？」

柴崎は郁の剝いたリンゴに七十五点と点数をつけてから齧《かじ》った。

「部屋の経費は按分《あんぶん》がお約束だし、一方的に負担かけようってわけじゃないんでしょ？」

「当たり前じゃん！」

家計簿をつけるようなまめな性格ではないが、ここ何ヶ月かの支出を大雑把に計算した結果として、近所にワンルームくらいなら借りられる自信が湧いた。最初の敷金礼金はやや大きいが、それも寮生活が四年目に突入した士長《しちょう》としては平均的な貯金があるので余裕でクリアだ。

「でも何か言い出すタイミングが摑《つか》めなくてさぁ」

郁も自分が剝いたリンゴを齧る前に眺めた。確かに七十五点が妥当な出来である。

何かぽーんといいタイミングが来たらなぁ、と溜息《ためいき》混じりに郁はリンゴを齧った。

ぽーんといいタイミングは意外なところからやってきた。

十一月一日付けで下った昇任辞令である。

図書隊員の昇任は、階級が正《せい》に上がるまでは昇任試験プラス実績や勤務評定に応じた考課、正以降は考課のみとなる。

もちろん三正《さんせい》の昇任試験は士長試験とは桁違《けたちが》いの難易度で、郁は残暑厳しい秋口に行われたその試験に、堂上と小牧《こまき》と手塚《てづか》、プラス柴崎の四人がかりで試験対策を講じられて臨んだ。

もう無理だよ、やめようよ〜。弱音を吐くたびに寄ってたかって叱咤《しった》された。柴崎の口調を借りるとこうだ。


バカ、あんたが三正狙うなら今年が最大のチャンスなのよ！　今年だったら当麻《とうま》先生の事件で考課が最大限につくんだから！　実績としてどれだけのプラスか分かってんの⁉　もし試験が合格ラインに届いてなくてもそれが二十点以内だったら考課側の押し上げで合格できちゃうのよ！　逆に言えば今回を逃せばあんたに二度とカミツレを狙うチャンスはないッ！


郁にとっては拷問のような詰め込みの末、試験が終わるや否や詰め込んだ内容は全部飛んだ。そしてその朝礼のときまで昇任試験を受けたことさえ忘れていたのだが——

「今年の昇任隊員を発表する！」

玄田《げんだ》が書類を見ながらがなった瞬間に思い出し、緊張が一気にこみ上げてきた。

「まず緒形明也《おがたあきや》一正《いっせい》、三監《さんかん》へ昇任！」

「拝命します！」

緒形が敬礼でそれを受ける。玄田は発表を続けた。発表は階級順になる。

「進藤《しんどう》一正、三監へ昇任！　堂上二正《にせい》、一正へ昇任！　小牧二正、一正へ昇任！」

どうやら茨城県展と亡命事件の功労者を中心として昇任が考課されたようだ。順当な昇任が下され、呼ばれた隊員が次々に敬礼で応じる。そして──

緊張が最高潮まで高まる。

「笠原《かさはら》士長、三正へ昇任！」

「ウソ──────ッ！」

思わず悲鳴を上げてしまい、横から堂上に思い切り頭をはたかれた。いつもどおりの光景に隊員たちが爆笑する。

慌てて敬礼し「拝命します！」と答えたものの、同格の五十音順で郁の次に呼ばれた手塚の昇任発表は雰囲気が砕けていかにも締まらないものになり、後で詫《わ》びを入れる羽目になった。

*

「よかったな、カミツレに届いて」

　堂上とそんな話になったのはその日の業務後のことである。訓練日だったのでラフな服だが、ひとまず互いに昇任祝いとしてお茶を飲むことになり、近所のカフェに寄っていた。この辺りでは唯一カモミールティーを出す店で、頼んだのは二人とも当然のごとくカモミールティーのケーキセットだった。

　セットが来てから乾杯代わりに二人で軽くカップを合わせる。

「柴崎の檄《げき》が効いたか？」

「容赦ないですもんあいつの檄。試験勉強中へこんだー。堂上教官はばしばしノートで叩くし、手塚は怒鳴るし、小牧教官はにっこりリトライの嵐だし」

「まあ俺たちはもう考課だけだが美しい友情じゃないか。手塚と柴崎は自分の試験勉強だってあったんだぞ」

「それは感謝してますけど」

　恐ろしいのは二人とも郁の面倒を見ながら自分の試験は楽々クリアしてしまうことだ。試験を終えて郁が「届かなかったかも～」と涙目になっている横で、手塚と柴崎は「考課の底上げは一番期待できるから大丈夫だ」と郁をなだめる余裕ぶりだった。

「柴崎も三正に上がったそうだな」

「あたしが上がって柴崎上がらないわけないですよ」

「女子は確か三正から一人部屋が選択できるはずだな。どうするんだ、お前ら」

「あ、女子のほうはいま一人部屋の空きがないんです。どうしてもってなると二人部屋を一人で使うことになるので……」

そうなると、部屋が足りなくなったときに同じ階級の同室者を管理側で割り振られてしまう。

「それだったら今のままでいいよねーって二人で話してて」

「男子は二正になるまで個室にならないから手塚もあと一階級我慢だな。四人部屋が二人部屋になるだけでもマシだって言ってたが」

「まあ、手塚なら誰が同室でもソツなく合わせられるでしょうしね」

それはそうと、と堂上が話を変えた。

「昇任祝い、何が欲しい？」

「あ、堂上教官こそ」

「俺は今更だから要らん。俺の昇任とお前の昇任じゃ意味が違うだろ、お前は初めてカミツレに手が届いたんだから」

軽く頭を叩かれて、でも何か大袈裟《おおげさ》じゃないものを贈ろうと内心思いつつ、堂上に促された自分のお祝いを考える。

ああ、と今一番欲しいものを思い出した。

「あのぅ……お祝いというより相談……というか提案になっちゃうんですけど」

「何だ？」

「二人で近くに部屋とか借りたいなーって。あたしも三正になったからお給料上がるし」

「却下」

あまりにもあっさり言われて思わず耳を疑った。

「え……あの、何で」

「バカバカしい」

更に耳を疑った。バカバカしい。バカバカしいって仰《おつしや》いましたか今。

「バカバカしいって、そんな言い方……」

「じゃあ部屋借りたい理由言ってみろ」

「それはっ……！」

言わなきゃ分かんないのかこの唐変木《とうへんぼく》！

「もっと気軽に外泊できるようになるし、二人きりになれる場所が近くにあったらいいなって。それに皆そういう部屋借りてるし」

「じゃあ訊くが、俺たちが外泊できるのは平均して月に何回程度だ？」

公休を絡めても月に二回、多くて三回。後は外出止まりだ。

「その回数ならちゃんと金出して泊まったほうが安い。部屋借りたら借りただけで終わりじゃないんだぞ。泊まりに使うならまず最低限布団がいるし、掃除もしなきゃならないから掃除機から何から道具が一式要るし、窓もカーテンつけなきゃならないし、暇つぶしが欲しかったらテレビの一つも買おうかってことになる。エアコンがついてない部屋ならエアコンつけなきゃ東京の夏場冬場は乗り切れんし、エアコンまで完備してるような小綺麗《こぎれい》な部屋になると家賃も敷金礼金も上がる。ランニングコストや手間暇まで考えたら、付き合ってる段階の俺たちだとホテルのほうが安いんだよ。近くに小綺麗な部屋借りてごっこ遊びってのは若い奴らの特権だ。だから……」

「もういいっ！」

郁はケーキのフォークをがちゃんと皿に置いた。一瞬周囲の視線が集まったので声を潜める。

「バカバカしいごっこ遊びで悪うございました！　もう言いません、昇任祝いも堂上教官からは何にも要りませんっ」

郁は財布から千円札を抜いてテーブルに叩きつけた。

「先に帰ります！」

ケーキはほとんど手付かず、お茶も半分残したままで郁は席を立った。

バカバカしいごっこ遊びでもランニングコストがかかって合理的じゃなくても。

少しでも一緒の時間が増えたらいいなと思った。そう思っていたのはどうやら自分の側だけだったようで、それが悔しいやら悲しいやら基地に帰る道すがら涙をこらえるのに必死だった。

堂上が部屋に戻ると、しばらくしてから小牧が訪ねてきた。

このタイミングは事情を知っている。

「向こうのほうは台風みたいな笠原さんが帰ってきたそうだけど」

堂上は苦笑しながら部屋着に着替えた。

「……いろいろ失敗した」

「ま、どうぞ」

小牧がコタツに潜り込みつつ天板の上に缶ビールの半ダースセットを置いた。つまみは部屋に買い置きしてある乾き物だ。

飯の気分ではなかったので勧められるまま缶を開け、ぽつぽつ事情というか愚痴を吐く。

「バカバカしい、はちょっと救いようがないけど、何のごっこ遊びかは分かってほしいところだね。でもまあ、笠原さんだからなぁ」

「いや、俺が畳みかけすぎた」

小牧の携帯がメールの着信を鳴らした。開いた小牧が苦笑する。

「どうせちょっとでも一緒にいたいのはあたしだけよ、だそうですが」

どうやら柴崎から情報の横流しだ。

「そんなわけあるかバカ。……送るなよ」

受け答えながら一応釘《くぎ》を刺す。

やがて小牧にもう一報メールが入った。

「のろけとしか思えない泣きが鬱陶《うっとう》しいのでこのまま酒で一旦《いったん》沈めますって」

「適量はワイン二杯だ。送れ」

「はいはい」

小牧が携帯を操作する。

そして堂上も携帯を出した。

郁が目を覚ますともう朝で、枕元の携帯がメール着信のランプを点滅させていた。

開くと堂上からで、文面は短かった。

『言い方間違えた。ごめん』

間違えたって何がよ。ごめんとか謝るな今さら。

かわいいとか思っちゃうのが悔しいから。

シャワーはもう開いている時間だった。だが昨日の訓練後に更衣室でシャワーは浴びたし、どうせ今日も訓練日なので汗まみれになるのは時間の問題だ。

堂上のメールには『もういいです』と一言だけ返し、郁は起床時間までもう一眠りに落ちた。

＊

喧嘩《けんか》が仕事に影響するほど郁も子供ではなかったが、何やら揉《も》めたらしいということが周囲にバレバレになる程度には郁は子供だった。

そしてその場合、探りは堂上に入ってくる。

「どうしたんだ、お前ら」

「はあ、ちょっと」

拗《す》ねさせました、とはさすがに答えづらい。「やらかした」自覚があるだけに。

「まあ、俺たちが口出すこっちゃないけど」

と、誰も彼もがその前置きをつける辺りが特殊部隊の連中はいつもスチャラカなくせに大人でいたたまれない。

「早く仲直りしろよ。どうもお前ら二人が根の深そうな喧嘩をしてると落ち着かん」

「すみません。今回は俺がちょっと口を滑らせました」

結局そうやって白状してしまう。

そして、日頃の態度も大人なことでは最右翼の上官——緒形にもついに声をかけられた。

「しくじったと思っててタイミングが取れないなら、タイミング取らずに突っ込んでみるのも手だぞ」

「はあ……」

事務室でたまたま二人になったときだった。緒形は処理していた書類から顔も上げなかった。

「お前たちはせっかく同じ側なんだしな」

それは緒形の過去を薄々とだが知らされている堂上にとっては重い言葉だった。

「あんたさー、そろそろ堂上教官許してあげたら?」

郁が館内警備の日に柴崎を食堂へ誘うと、開口一発そんな執り成しを食らった。

「別にっ。もういいってあたし言ったし喧嘩ならもう終わったよ、仕事に影響出してないし」

「ということなんですが、どうでしょう手塚さん」

話を振られて手塚はふーっと長い溜息をついた。

「やりづらいことこのうえなし……」

「同僚から見るとそうらしいですよ、笠原三正」

言外に三正の昇任試験のとき一番必死になってくれたのは誰だと言われているようで、郁もさすがに居心地悪く身じろぎした。

「だって何か……あたしはもういいって言ってるのに堂上教官が勝手にナーバスになってるっていうか……」

「そこら辺どうですか、手塚さん」

「確かにちょっと堂上一正が必要以上に後ろ暗くなってる感じはあるかな。けどそれだけ笠原を傷つけたって罪悪感があるせいじゃないのか」

「だったらもっと分かりやすく和解のサイン出してあげてもいいんじゃなぁい？　それにさ」

柴崎は話の合間にそばをつるんとすすった。

「あんた、『もういい』って一方的に全部切り上げちゃったんでしょ？」

「それが何よ」

「それって切り上げられた側にはかなりプレッシャーよ。相手にも何か言いたいことがあったかもしれないしさ。それにそのカフェでの捨《す》て台詞《ぜりふ》はきついわよ」

昇任祝いも堂上教官からは何にも要りませんっ。

自分の捨て台詞は後から思い返すと確かにきつい。

「だって」

あたしだって少しでも一緒にいたいと思って切り出したこと、バカバカしいとかごっこ遊びとか言われたのに。

「喧嘩って、どっちがどれだけ傷ついた、傷つけたって話になると泥仕合になって終わらないわよ。どっかで手打ちにしないとね。これはどこぞの兄弟にも言える話かもしれないけど」

「……何でそこで俺に話が横滑りしてくんだよ」

「あら、あたしは別に手塚兄弟の話だとは言ってないわよ？」

「言ってるだろが、言外に！」

そんなこんなで隊員食堂での昼食を終え、三人で図書館側へ戻ったときである。

通路で口を縛ったレジ袋を蹴《け》り合っている少年たちがいた。制服で近所の中学生だと分かる。三人でサッカーのようにレジ袋を蹴り回し、袋の口からは細かなゴミがボロボロ零《こぼ》れ出ていた。

「こらっ！　屋内でそんなことしてちゃ駄目でしょ！」

郁が怒鳴りながら止めに入ると、

「うるせえ公僕！」

毒々しく作った声色で怒鳴り返され、同時にレジ袋がこちらに向かって蹴飛ばされた。呆気《あっけ》に取られて動けなかった郁の代わりに、片手でそれを叩《たた》き落としたのは手塚である。

「笠原。確保して説諭だ」

「わ、分かった」

手塚が相手の不意を衝《つ》くダッシュで手近の二名を捕まえた。

「やべ！」

少し離れていた中学生が逃げようとしたが、そちらは郁の足で楽々追い着いて捕まえる。

「柴崎、説諭用の部屋まで案内頼む」

中学生たちは何とか逃げようとじたばたもがいたが、子供に逃げられるようでは特殊部隊の名が廃る。

柴崎が先行して押さえてきた業務部の小会議室に中学生三人を連行し、手塚が言った。

「笠原、堂上一正に連絡」

「えっ……」

「仕事には影響出さないんだろ」

手塚なりに気遣っているのか諭しているのか、郁は渋々無線を繋《つな》いだ。

「手塚・笠原組より堂上班長へ」

「何かあったのか」

無線越しに堂上の声を聞くと、やはり微妙に頑《かたく》なになっている自分に気づく。たとえば最近、こういう事務的な会話しか交わしていないこととか。

「館内でゴミを蹴って遊んでいた中学生を補導しました。三名です」

「補導に至ったのか？」

「注意したところ、反抗されましたので。適切な説諭役を回してください」

「分かった。適切な説諭役を連れていく」

これで玄田が出てくるはずだ。補導されてもふてぶてしさを装っている彼らには、ちょっとしたトラウマが残るだろう。中学校の生活指導の教師よりも数倍は恐いのがやってくることを彼らは知らない。

「反抗された内容は」

「私が注意したところ『うるさい公僕』と怒鳴られ、蹴っていたゴミをこちらに向けて蹴られました」

「それも説諭役に伝えておく」

迫力二倍増しが確定だ。

上官の到着まで確保した部屋の外で立ち話になった。

「……びっくりしたー」

郁はようやく呟《つぶや》いた。

「うるさい公僕、だってさ。今の子ってああいうこと言うんだね。あたし中学生のころに公僕なんて言葉知ってたかなぁ」

「あー、それはねえ」

柴崎が苦笑しながら説明した。

「今、若い子にやたらウケてる作家がいてね。その影響っていうか、真似っこだと思う」

「え、どういう作家よ」

「これが一口には説明しにくくて」

「木島《きじま》ジンだろ？」

手塚は知っているらしい。郁は初耳だ。

「確かに説明が難しいんだよな。何というか……良化委員会推奨語のみを使って極度に差別的な表現をする、というか」

「そうそう、すごく反社会的で差別的な表現が極度に多いんだけど、違反語はひとつも使ってない、みたいな。よかったらどれか一冊読んでみたらいいわ」

「分かった、今日の帰りにでも借りてみる」

と、そこへ聞き慣れた荒い足音が聞こえてきた。堂上と小牧を従えて現れたのは玄田である。

ショーの始まり《It's a show time》だ。郁は少年たちのために十字を切った。

「ガキどもは」

「こちらです」

柴崎の示したドアを玄田が開け、中に入るや手塚が素早く閉めた。

「何だ貴様らその態度は――――――！　全員起立ッ！」

ドア越しでも空気が震えるような怒鳴り声が耳をつんざく。

中学生たちがどんな姿勢で待っていたかは容易に想像がつき、またガタガタッと机や椅子が引っくり返ったらしい音でどれほど泡を食って彼らが姿勢を正したかも分かる。

「玄田隊長の説諭の後に、散らかしたゴミの掃除をさせてから調書を取る。一応は俺と小牧が立ち会うが、調書は手塚と笠原で取ってみろ」

堂上の指示に手塚が敬礼をし、郁もやや遅れて敬礼した。

ちらりと堂上を窺《うかが》うと、合いそうになった視線が直前で堂上のほうから外れた。

逸《そ》らされた？

食堂で柴崎につつかれたことが今さらチクチク痛い。

どっちがどれだけ傷ついた、傷つけたって話になると泥仕合になって終わらないわよ。

あたし意固地になりすぎた？　でも。

「お前たちは少年の掃除や何かに付き添っておけ。調書を取る段になったらまた連絡してこい。それまで俺たちは館内警備を続行する」

堂上は事務的な指示を残して小牧と共に立ち去った。

「わー、堂上教官かわいそー」

上官たちが立ち去ってから柴崎が首をすくめた。手塚も口を添える。

「やりづらいことこのうえなしって意味が分かるだろ」

「分かるわー」

「だ、だって……！　あたしフツーにしてるじゃん！　堂上教官が勝手にああなってるだけで、あたしは別にっ」

「いや、かなり頑なだったわよ、あんた。そんで堂上教官はもともと自分に厳しいっていうか、自罰的な意識が強い人じゃない。そこへ持ってきてあんたの態度がそれじゃあ触るに触れないわよね。フォローしたくても話し合いのルートはあんたが『もういいです』でシャットアウトしちゃってるし」

「じゃあどうしろってのよ、収まった話をまた蒸し返して『まだ何か言いたいことがあるなら聞きますが？』とでも言うわけ!?　そっちのほうがよっぽど厭味《いやみ》じゃん！」

「こっちも意固地になりすぎました、ごめんなさい、じゃ駄目なのか」

手塚にごく素直な解決案を提示され、郁は言葉に詰まった。駄目だ、今「カワイイ女度」を競ったら確実にあたしは手塚に負ける！

「まー手塚ったら自分ではできないことを他人には簡単にアドバイスして」

「うるさいな、うちのことはほっとけよお前は！」

「でもまあ堅物男とも思えないナイスなアドバイスだわ。笠原、一聴の価値ありかもよ」

言われて手塚案を脳内シミュレートしてみるものの、いざ「ごめんなさい」のところでまだ引っかかる。バカバカしい。ごっこ遊び。怒濤《どとう》のように畳みかけられた「無駄」。

まだ飲み込めない。

「も……もうちょっと落ち着いたら考える」

「もー、意固地なんだからー」

柴崎の呆《あき》れた口調に手塚からも溜息を重ねられ、郁はむくれて俯《うつむ》いた。

調書を取る段になり堂上と小牧を再び呼び出した頃には、少年たちはもうすっかり意気消沈していた。玄田ショックは強烈だったらしい。

生徒手帳を出させて名前と住所、学校名を控え、彼らの行為を箇条書きでまとめたのが郁で、それを読み上げたのが手塚だ。

「内容に間違いは？　特に行為については間違いや記述の不服があれば今言うように」

ありません、と三人とも萎《しお》れた様子で答える。

「一つ質問してもいい？」

郁が口を挟むと、少年たちは無言で頷《うなず》いた。

「あたしに向かってゴミ蹴ったとき、『うるさい公僕』って言ったのはどうして？」

少年たちはばつの悪そうな顔でお互いを窺い合っている。

やがて、真ん中に座っていた一人が口を開いた。

「木島ジンの小説の真似です。今、学校ですごく流行《はや》ってて……」

やっぱりか、と隣の手塚と目を合わす。

「それは調書に書いてもいい？」

許可を得てから備考欄にその動機を書き込む。

と、部屋の隅に上官たちと控えていた柴崎が少年たちに歩み寄った。

「あげるから家で読みなさい」

柴崎が少年たちに配ったのはどうやら雑誌か何かのコピーだ。

「安易に表面だけ小説の真似することが作者の意に適《かな》うものかどうかよく考えてね」

言いつつ営業スマイル全開だ。少年たちは柴崎に見とれてぽーっとしている。

場を締めたのは堂上だ。

「今回は悪ふざけということで学校にも家にも連絡はしない。だが、中学生にもなるんだから公共の場所で取るべき態度は各自できちんと考えるように。次はお目こぼしはないぞ」

少年たちが口々に謝りながら頭を下げて帰っていく。館を出るまで見送ったのは堂上班だ。

「処置はあれでよかったんですか？」

郁としてはかなり頑張って、敢《あ》えて堂上に尋ねた。

堂上はそれが分かっているように小さく笑い、それから答えた。

「玄田隊長と俺たちの所見が一致した。ちょっと粋《いき》がりたかっただけで根が悪いわけじゃない。お仕置きとしてはあの程度で充分だろう」

そのとき、館内で五時を知らせるメロディーが流れた。児童室を閉める時間の合図だ。

そして館内警備も交替の時間である。館内警備は特殊部隊と防衛部が合同で実施しており、時間とともに引継ぎの班は館内警備を開始している。引継ぎの申し送りはロビーで各班の班長が行う。

「じゃあ俺は申し送りをしてから事務室に戻る。全員先に戻って日報を書いとけ、判は小牧だ。書けた者から上がっていい。小牧は玄田隊長か緒形副隊長の判で処理してもらってくれ」

「俺が二人に判押すってことは必然的に俺が一番最後だね」

小牧が笑って代理を引き受けた。

＊

日報が書けた者から上がっていいという話で、先に上がったのは手塚だった。郁も十五分程遅れて続く。

「はい、ご苦労様。今日は大変だったね」

「いいえ、全然！　それじゃお先に失礼しまーす」

久しぶりに屈託なく仕事を上がり、郁はロッカーで荷物を取って閲覧室に向かった。児童室は五時で閉まるが、閲覧室は七時まで開いている。

今日話題になった木島ジンの小説があったら借りて帰ろうと思ったのだ。

カウンターに入っていた柴崎に手を振って日本文学の書架へ向かう。

「木島ジン、木島ジン……」

「ここだよ」

頭越しに声をかけられて肩が跳び上がった。振り向く前に声で分かっていたが小牧だ。

「あーびっくりした、何でこんな早いんですか」

「俺、笠原さんの日報待ちだったからね」

さらりと日報が遅いことを指摘され、身が縮む。

「お待たせしてすみませんでした……。小牧教官も何か貸出しですか？」

「うん、まあそれもあるんだけど……」

小牧は自分も近くの棚を物色しながらまたさらりと言った。

「笠原さん、別れるつもりはないんだよね？」

どきんと心臓が跳ねた。

「あ……ありません！　全然、そんなの、」

手振りだけで声を落とせと示され、「考えたこともありませんでした」と小さく続ける。

「うん。だったらよかった」

小牧は言いながらハードカバーを書架から一冊引き出した。

「木島ジンならこれがデビュー作だから入門編じゃない？　これだけ後書きついてるから作者のスタンスも分かりやすいし」

郁に本を渡して小牧が立ち去ろうとする。思わずその背中に声をかけた。

「あのっ、あたしたち今すぐ……仲直り、しないと別れちゃいそうですか？」

「いや？　ただ笠原さんが折れどころ分からなくなってそうだったから」

「もうちょっと拗ねてたいっていうかいじけてたいっていうか……そういうのは駄目ですか」

　小牧はにっこり笑った。

「堂上は笠原さんが一人で拗ねてたいならいくらでも待つよ。でもそれ拗ねるほうも待つほうも両方消耗するからさ。女の人はこういうとき、とっておきの飛び道具があるはずなんだけど、笠原さんもしかして知らないかな」

「何をですか」

「『甘える』」

「知ってますっ。喧嘩してないときはいつも甘えさせてもらってますっ」

　すると小牧はまた笑った。

「喧嘩してても甘えていいんだよ。一人で機嫌が直るまで膝《ひざ》抱えてなくても何で拗ねてるのか本人に直接言っちゃっていいんだよ。堂上のほうが五つも年上なんだから」

　思わず涙ぐみそうになって唇を噛《か》んだ。

「……でも、いじけてるのはあたしの勝手だから」

　それをぶつけるのはわがままだと思ったから我慢していたのに、柴崎も手塚も堂上が気の毒だと言う。

「もういいです、ってチャンネル閉じられちゃうほうが男としては辛《つら》いかな。拗ねてる理由は分かってるのにもうそこに触らせてもらえないっていうのはね」

　基本的には柴崎と同じ理屈なのに、小牧が言うと素直に入ってくる。

「でももっと時間ほしいんです、恥ずかしいから」

二人で近くに部屋を借りたい。そうねだってあんなにきっぱり拒絶されるとは思わなかった。でも並べ立てる堂上の理屈は確かに道理で、そうなると甘い想像しかしていなかった自分が急に恥ずかしくなった。

もうその話題そのものをなかったことにしたいほど。あたしだけ舞い上がって。あたしだけ夢見がちになって。恥ずかしい、バカみたい。

ただ拗ねただけじゃない、ただいじけただけじゃない、ただ怒っただけじゃない、その全部に恥ずかしいという感情が絡みついているから触れられない。

「二人で話したらきっとすぐに終わる話だけどね。でも、堂上は笠原さんが一人で拗ねてたいならいくらでも待つよ。どれだけ辛くてもね。それだけ覚えといてやって」

そして小牧は別の書架へ立ち去り、郁は気持ちが収まるのを待って貸出し手続きにいった。

そしてその晩、郁は風呂《ふろ》や食事を終えてから借りてきた木島ジンの本を読みはじめた。内容はバイオレンス物だ。ベッドに寝転がってページをめくり、十時過ぎに読み終わった。ぱたんと本を閉じてベッドに長く伸びる。

「……疲れた」

「大体分かったー？」

声をかけてきたのは音量を絞ってテレビを観ていた柴崎である。

「分かった……けど、これは……消耗する」

公僕という言葉を卑称として使っていることは、昼間の少年たちの一件で分かっていた。

だが、それ以外にも。

このひまわり学級が！

自営巡回ゴミ漁《あさ》りはそれらしくゴミ箱で今日のメシでも漁ってろ！

随分と聞き分けのいいご発言で……犬の脳でも移植なさったのか、それとも毎日犬の餌でも食わされたのかな？

識字率は九十九％以上の日本で貴重な残りの〇・数％に出会うとは思ってもみなかった。

なるほど、人権をメシの種にしていらっしゃる先生方ですか。失礼しました。

ゆとり高学歴様お一人ご案内だ。

食肉から人体解体業者に転職か？

確かに違反語は一つも使われていない。少なくとも郁の気づいた限りは使われていなかった。

だが違反語でない言葉や推奨語、またはそれらを組み合わせた造語でねちねち全編に綴《つづ》られる罵詈《ばり》雑言や差別表現は、単純な違反語などよりよっぽど悪意にまみれている。

逆に言えば、違反語を使わずにここまでやれるのかと舌を巻くしかない。

そして後書きだ。


作家としてデビューすることになった。

だが正直なところ僕は作家で食っていくつもりはないし、作家で食えなくなっても困ることは何一つない。

単純に現状にむかつく。現状に噛みつくならその立場を失って痛くも痒《かゆ》くもない人間が最も適している。

だから作家になった。

これから僕が出す本の全てと、僕がいつまで作家でいられるかは、現状に対する挑戦である。

良化法を完璧《かんぺき》に守りながら実践する反社会的な表現の数々と、この短い意志表明。

「これは……若い層にウケちゃうよねー」

あたしは好きになれないけど、と郁がベッドに伸びたまま呟くと、柴崎も頷いた。

「あたしも好きじゃないわ。もともとバイオレンス系読まないし。でも、こういう手段があるってことと、こういう手段に出た人がいるってことは評価するしかないわよね」

言いつつ柴崎が「はい、これ」と何かのコピーを渡してくれた。どうやら昼間の少年たちに配ったものと同じものらしい。内容は木島ジンのインタビューだ。

──今や木島ジンさんといえば若い読者に熱狂的な支持を誇っておられますけど、そのことについて何かご感想は？

木島　特にありません。僕は自分のやりたいことをやっているだけですから。

──やりたいこと、と仰いますと？

木島　出版の現状に対する「趣味の抵抗」みたいなものですか。

――ですが、木島さんの作品では、良化法で指定されている違反語は一切使われていないことで有名ですが。

木島　ですから、良化法の指定した言葉の中でどこまで人を不愉快にさせる差別的表現・反社会的表現ができるか、ということに僕はこだわっているんですね。僕は自分の作品が良識ある人々に眉《まゆ》をひそめられることを自覚しています。そしてよりたくさんの人に眉をひそめてほしいんです。作家として多くの人に徹底的に嫌われたいんです。嫌われることによって話題になりたい。

――それは作家の目標としてはかなり異例に思われますが……

木島　デビュー作の後書きに書いたとおりこれは僕の挑戦ですから。フィクションに関して良化法は違反語は指定できても、文脈による違反指定はできないんです。良化法を直に批判するもの以外はね。僕の作品は多くの人に差別的な印象を与えるにも関わらず、良化法の決めた枠からは一語たりとも飛び出していない。これほど差別的表現を駆使した悪意ある図書を現行の良化法は狩ることができないんです。

――そのために良化委員会が違反語のリストを更新する度にその冊子を手に入れているというお話も伺っていますが。

木島　はい。良化委員会は違反語リストを配布する相手を選べませんからね。国家予算で作成され、これを要求する国民には配布する義務がありますから、木島ジンという作家には与えない、などということはできないわけです。僕は作家としては最も良化法の定める違反語と推奨語に詳しい人間だと思いますよ。

――その知識を駆使して木島作品は執筆されている、と。

木島　ええ。良化法の定めた言葉の中で、僕はここまで不愉快かつ差別的なものを書いている。だけど、良化法には僕の作品を取り締まる権限はない。自己満足かもしれませんが、それを世間にひけらかしたくて作家をやっていますね。

――その意図の中にはもっと深いメッセージを感じるのですが、その辺は……

木島　言葉だけ狩って蓋《ふた》をして差別がなくなると思ってる奴、あるいは過去に確かに存在した差別がそれで帳消しになると思ってる奴にも思い知らせたいんですよ。

――つまり……？

木島　実際にその言葉の対象になる人々が不利益を被っていて、声を上げてやめてくれと仰るならそれに何らか対応すべきでしょう。しかし、一時期の時代物の漫画の復刊のように伏せ字の嵐で訳が分からなくなったり、時代考証として「乞食《こじき》」という言葉を使っているものをホームレスに置き換えて作品性を台無しにしてしまうような処置は考えて頂きたいところですね。たとえば良化法以前では「作中に現在では差別用語と認識されている表現がありますが、あくまで時代考証によるものであり、差別的な意味合いで使用したものではありません」などの注意書きを入れることでクリア可能な問題も多々あった。ですが今はどうですか？

——……機械的に狩っていくだけですね。また、自主規制も激しくなっています。

木島　そもそも、今では差別用語とされている視覚障害や身体障害を表現する古語ですが、それも言葉の生まれた過程を知って非難している人がどれだけおられるか僕には疑問です。元々そうした言葉は、目の見えない方や手足がない方々を「目の見えない人」「手のない人」「足のない人」と直截《ちょくさい》に呼ばわることを非礼と思った昔の人が婉曲《えんきょく》な区別のために考え出して使っていたものです。それを差別的な意図で使うかどうかはあくまで言葉を使う側の問題です。これは僕の個人的意見ですが、日本人の非常に悪い癖として「臭い物に蓋」でそれを「ないこと」「なかったこと」にしてしまう。大前提として、差別はあるんです。それは言葉尻《ことばじり》だけをごまかして何とかなることではありません。

——つまり差別とは言葉で一律に解決できる問題ではなく、一つ一つを吟味し検討しなければならない、ということでしょうか？

木島　あくまで個人的意見ですが僕はそう思っています。僕がこういう形で作家になろうと思ったきっかけがあるんです。ある町に住んでいたとき、住宅街で道路の真ん中を自転車でふらふら走っていたおじいさんがいました。そこへ乗用車が来て、当然のことながらクラクションを鳴らしました。おじいさんは端には避《よ》けず、車はまたクラクションを鳴らしました。おじいさんはまだ避けない。そうして三度目のクラクションでおじいさんは初めて振り向き、そして何と言ったと思います？

——さあ……「うるさい」でしょうか。

木島　もっと衝撃的でしたよ。「何度も何度もうるさいんじゃ、ボケ！」聞こえていておじいさんはずっと無視していた。そのうえ運転手に向かってこう怒鳴ったんです。「ブーブーブーやかましいんじゃ、この〇〇人、〇〇人、〇〇人！」

（※〇〇人の部分は編集部判断で伏せ字とさせていただきました）

——それは……（インタビュア、絶句）

木島　明らかに攻撃的な、相手を貶《おとし》めるための口調でその〇〇人という単語は連呼されました。周囲の人も絶句していました、今のあなたのように。そのおじいさんは〇〇人という言葉を明らかに差別用語として使っていました。逆に言えば〇〇人と言えば相手を差別し、貶めることができると思っていたのです。ですがこの言葉を差別用語として、違反語として、良化委員会の違反語リストに登録できますか？

——それは無理です。不可能です。その国に関する報道自体ができなくなります。

木島　差別の本質はそこにありますし、言葉の本質もそこにあります。無知による誤用は正せばいい。正当な意図があっての使用なら、その説明とともに検討されるべきです。ですが、差別の意図を持って発せられた言葉は、それがいかなる言葉であろうと発言者は責められるべきです。そういう意味ではそのおじいさんが使った〇〇人のように、いかなる言葉も差別語になる可能性を孕《はら》んでいる。体制側による言葉狩りなど茶番です。

――茶番、とは？
木島　狩っても狩っても差別は地下に潜り、狩られた差別用語の代わりとなる新たな差別用語が生み出されるだけです。
――なるほど、だから木島さんは……
木島　ええ。推奨語や違反語に抵触しない言葉による差別表現にこだわっています。一律に処理しようといくら狩っても無駄だとね。たとえ日本語を半分狩っても僕はそこから差別表現を作り出しますよ。だから、良識のある方に眉をひそめて頂けるほどいいんです。僕はデビュー時にも宣言していますが作家で食っていく気は全くないんですから。

「なるほどねー」

郁はうーんと唸《うな》ってベッドの上に胡座《あぐら》をかいた。

「捨て身だったら作家としてこういう戦い方もあり……なのかなぁ」

「捨て身じゃないでしょ」

柴崎が口を挟む。

「本人も言ってるけど、木島ジンは作家に軸足置いてないんだから。本業は別に持ってて本当に『趣味』でこういう挑発的な活動やってるんでしょうね」

「インタビューも一理あるよねー。小説は正直毒々しくて疲れたし、好きになれないけど……

狙ってやってるならこういう戦い方もアリかなって思っちゃった」

「そのインタビューも巧《うま》いところを衝《つ》いてるのよ。ギリギリのところで良化法そのものの批判はしてない。途中で差別問題に話をスライドさせてるのも良化法批判に巧く重ねた話術だしね。それに気づいた？　このインタビューの中でも例として挙げた『乞食』以外は違反語は一つも使われてない。作家界で違反語と推奨語に最も詳しいって自負は伊達《だて》じゃないわね」

「……化け物……」

「でも書く物が書く物で表現がああだから教育委員会やPTAには嫌われまくりね。木島ジンの本に貸出し制限をつけろって申し入れが、都内だけでも何百件あったんだか分からないわ。特に思春期の子は、木島ジンの悪意表現に表面的なかっこよさを感じて影響受けちゃうことも多いから」

だから柴崎は今日の中学生にもこのインタビューを配っていたのだろう。

木島ジンが好きならちゃんと考えてね、と。

デビュー作にだけついていた後書きでは、若い読者には意図が伝わりきらない。

「これ、木島ジンの本の折り返しに折込みで貼り付けたら？」

「うーん、一時期やってたんだけど……」

柴崎は苦笑した。

「折込む端から剝《は》がされて持っていかれちゃってね。コーティングしてあるとはいえ何度も何度も剝がされると糊《のり》残りで見場も悪いし本も傷むし」

「コピー取らせてくださいって言ってくる知恵はないのか、最近の子供は！」

「大人の利用者だって書込みや切取りが日常茶飯事よ、子供は大人を見てるんだから、大人がそんな体たらくじゃ子供だけ責めるわけにもねえ」

だから最近は教育委員会やＰＴＡ団体との話し合いのとき資料として提供するにとどめてるんだけど、と柴崎は頭を掻《か》いた。

「それにしてもあの表現は悪質だ、有害だってオトナが多くてね。今の館長はしっかりしてるから、貸出し制限や破棄の申し入れをきっぱり拒絶してくれてるんだけど……図書館じゃ話にならない、と見切られたときに相手がどう出るかは心配よね」

木島ジンの本そのものには良化法が付け入る隙はない。だが、たった一つ例外がある。

＊

その例外は、中学生を補導した日からそう経っていないある日の深夜に訪れた。

寮全体に緊急警報が鳴り響き、放送が流れた。

『良化特務機関が当館の周辺に展開中！　要員は至急警戒態勢に着け！　非戦闘員は基地から出ないこと！　繰り返す！』

放送に叩き起こされた郁は、寝間着代わりのジャージのままベッドから飛び下りた。戦闘靴用の分厚いソックスだけ穿《は》き、寝るとき外している下着はジャージのポケットに突っ込んだ。

「気をつけて！」

自分も起き上がったらしい柴崎の声を背中に聞きながら郁は部屋を飛び出し、通路を駆けた。女子寮側で出てきた隊員はさすがに少なかったが、玄関に着くと男子隊員でごった返している。防衛方はやはり男がメインだ。

特殊部隊の庁舎にたどり着き、ロッカールームに向かうと男子側はもう明かりが点《つ》いて中がごった返している気配が窺えた。郁も女子ロッカー室に飛び込んで明かりを点ける。女子隊員一人なのでこういうときは人目を気にする必要がなくていい。

着ていた服を一気に脱ぎ捨てスポーツブラを被《かぶ》り、戦闘服のズボンに足を通す。次は上半身だ。装備を抜かさないように下から重ねて着けていき、ベルトを締める。最後に戦闘靴を履きヘルメットだ。武器は上官から手渡されることになっているので、郁は脱ぎ散らかした衣服もそのままに外に飛び出した。庁舎内では狭いので、武器の支給は外だ。後方支援部が基地内をトラックで配送しているはずである。

堂上班では郁が堂上に次いで二番目だった。言葉を交わす間もなく小牧と手塚もやってくる。点呼を取り、堂上が武器を配った。SIG-P220《シグ・ザウエル》と短機関銃《サブマシンガン》に小銃がついた。大物の装備の追加に内心でやや慄《おのの》く。それを見透かしたように堂上が言った。

「深夜の襲撃は利用者のことを考えなくていい分激化する傾向がある。敵も大物を持ち出してくるはずだ」

「訓練では使い込んでるから大丈夫だよね」

小牧に確認され、郁は「はい！」と敬礼した。――堂上に向かって。

こんなところで個人的なケンカを引きずって拗ねている場合じゃない。ちゃんとそう思っていることを知らせたくて。

堂上は分かっているように笑って小さく頷いた。

手塚には小銃の代わりにライフルが渡された。手塚が検閲抗争のとき進藤一正――ではなく進藤三監の率いる狙撃《そげき》部隊に配置されることはもうお約束だ。

「正門からの侵入は夜間警備の防衛部がまだ食い止めている。敷地内に入り込まれる前に館内に入り拠点を固める、手塚以外は青木《あおき》班と合流して閲覧室脇の通用門だ。手塚はいつもどおりで」

「はい！」

手塚が敬礼を残して進藤の取りまとめている部隊へ立ち去る。

「行くぞ！」

堂上の号令で小牧と郁も走った。

敵はまだ敷地内には展開しておらず、庁舎との通用門から館内に入れた。通用門にはすでに防衛部が防御を固めている。

閲覧室にたどり着いたのは堂上班が先だった。

「笠原、業務部フロアへ！　良化委員会から代執行宣言が届いているか確認！」

代執行宣言が届いていることはまだどこからも報告されていない。

バイク便は来なかった、それなら業務部のFAXが一番可能性が高い。夜間は基地と図書館それぞれの代表番号と図書館間の緊急番号となる警衛電話しか回線を開けておらず、夜間警備が確認する電話は数台に限られている。

夜間警備がそれらの電話を巡回中に代執行宣言のFAXを発見できれば事前の布陣を敷けるが、業務部や庁舎が無人になる夜間はどうしても巡回の隙間が発生する。

郁が業務部フロアへ飛び込んでFAXを確認すると、やはり白い普通紙が吐き出されている。二枚だ。取《と》り敢《あ》えずまとめて引《ひ》っ摑《つか》み、堂上のところへ戻る。

最初の一枚はちらりと見た書式だけで郁にも分かった、検閲代執行宣言通告書だ。

だが続く二枚目を見た堂上が顔をしかめた。

「どうしたの」

小牧に訊かれ、堂上は二枚目のFAXを小牧と郁にも見せた。

『今日の検閲の狙いは木島ジンの本です。

教育委員会とPTA団体が共同で良化委員会へ没収の依頼をかけました』

木島ジンの本そのものには良化法が付け入る隙はない。

だが、たった一つ例外がある。――そのたった一つの例外がこれだ。

小牧が顔をしかめて呟いた。

「良化法施行令からきたか」

良化法施行令には『しかるべき団体からの依頼があれば、良化特務機関は良化法を違反していない表現物を取り締まることができる』というものがある。

これを利用して教育委員会の「望ましくない図書」を没収しようとした事件が郁が入隊したばかりの頃にあった。

木島ジンの本は良化法を一切違反していない、しかし良化法に挑戦するかのようなその本は、良化委員会としても忌々しい存在だったに違いない。

話を持ちかけたのが実際はどちらからだったか。そんなことにはもはや意味はない。

と、そこへ青木班が合流した。

「青木一正、これを」

堂上が年長の青木に二枚目のFAXを渡すと、青木の顔も渋くなった。

「信憑性《しんぴょうせい》がどこまであるかだな。しかし検閲とタレコミの時間があまりズレていないことから内部事情に通じた者の警告とも取れる」

内部事情に通じた者の警告。その推測で郁に思い浮かんだのは手塚慧《さとし》だった。

だが、今は帰ったら柴崎に訊いてみようと思うだけにとどめる。思いつきに過ぎないことを部下から口に出して時間を浪費するべきではない。そもそもタレコミ元など今考えるべき問題でもない。

「念のため、木島ジンの書籍をすべて書庫に格納したうえで書庫を封鎖！　堂上班に一任！」

「了解しました」

　堂上が敬礼し、先に立って閲覧室へ入る。

　木島ジンの著作は数が多いが、人気もあるので貸出件数も多い。

「俺と小牧でエレベーターから本を下ろす、笠原は書庫に下りて回収しろ」

「はい！」

　業務部フロアへ走り、書庫へ下りる奥の階段を駆け下りる。身分証のＩＣチップで書庫の鍵《かぎ》を開けると、書籍用のエレベーターはもう着いていた。中に入っている図書を出し、仮置きの棚に収納する。

　書庫を出ると堂上たちが下りてきたところだった。

「エレベーター内の図書、全部仮置きの棚に移動しました！」

「よし、一回書庫を閉めろ」

　郁が電子キーの読取り盤に自分の身分証をかざすと、重たい音を立てて書庫の扉が閉じた。それをもう一度堂上が自分の身分証で開け、再び閉める。電子キーには使用者の記録が残り、封鎖権限はその場の最高責任者にしかないからだ。郁の入隊当時は関係者用の出入り口くらいにしか採用されていなかったシステムだが、近年は重要な施設や設備は必ずこの形式になっている。一度閉じた扉は同じ者しか開けられない。

　小牧がキープアウト・テープを閉まった扉に×印になるように貼り付けた。

「以上で書庫の封鎖を完了とする！」

と、そのとき青木から無線が入った。

「青木一正より堂上一正へ発す！　閲覧室は俺の権限でシャッターを下ろして封鎖した、別のルートで上がって合流しろ！」

「了解しました！」

無線は全員聞いていたので、説明はなしで地下の別ルートに向け全員が駆け足になった。


玄田が総指揮を執った攻防戦は明け方まで続き、図書隊は敷地内に特務機関の侵入を許したものの屋内は守りきって朝を迎えた。

建物にはかなりの破損が出たが、夜間の不意を衝《つ》かれたにしては上等の結果である。

堂上班では書庫の封鎖を解除し、狙撃部隊に駆り出されていた手塚も合流して終礼となった。

「一度解散し、出勤は一三〇〇《ヒトサンマルマル》からとする。業務は館内警備、一九〇〇《ヒトキユウマルマル》より引継ぎ。各員よく休め。以上、解散」

更衣室のシャワーを使って脱ぎ散らかしていたジャージに着替え、汗まみれになった戦闘服を抱えて更衣室を出る。少しだけ堂上を待ってみようかと思ったが、男子のほうはシャワー部屋が混んでいるらしく、時間がかかりそうだった。

諦《あきら》めて寮に向かう。まだ起床の時間にもなっていない。

柴崎を起こさないようにそっとドアを開けたつもりだが、「お帰り、大丈夫だった？」と声がかかった。非戦闘員だからといって熟睡というわけにもいかなかったらしく、うとうとしていたらしい。

「大丈夫、全員無事。防衛部で何人か負傷者が出たかな」

「そう」

「それと変なFAX来てた」

「どんな？」

「今日の検閲の目的は木島ジンの本だってタレコミ。教育委員会とPTAで結託して特務機関に没収を依頼したとか」

嘘か本当かは分からない。図書隊は閲覧室まで特務機関の侵入を許さなかったから何が目標かは分からずじまいだ。特務機関もわざわざ狙っている本を公言しながら攻撃してこないので真相は藪《やぶ》の中である。

「ふぅん……良化法施行例の何番目だったかしら、あったわねそういうの。しかるべき団体の依頼で良化法に違反していない本も取り締まれるとか何とか。団体は確か公安と内調と外務省系がいくつかと……都道府県レベルの教育委員会も含まれていたはずよ。木島ジンのことで抗議してた教育委が連合して都教育委まで話を上げたんならあり得る話だけど」

「あたし、手塚のお兄さんからの情報かなって思ったんだけど……」

「いやー、それはどうかしらねぇ」

柴崎は言いつつ起き上がった。どうやらすっかり目が覚めてしまったらしい。

「あの男が検閲の一つ一つを心にかけるほど情に厚いとは思われないわ。それに情報を回すとしてもあたしか手塚の携帯に直接連絡してくるほうが手っ取り早いし。合理的じゃないところがあの男らしくない」

まあ一応確認は取っておくけどね、と柴崎はロッカーに向かった。今日の服を出しながら、

「取り敢えずあんたはもう寝なさい。朝の点呼はあたしが出とくから」

「うん、ありがと。おやすみ」

郁は布団に潜り、横になるやすとんと眠りに落ち——かけて、最後の気力で携帯を出した。

堂上のアドレスを開き、メール画面を立ち上げる。

お疲れさまでした。　郁

署名を名前にしたことで微妙に和解に歩み寄ろうとしていることは気づいてもらえるだろうか。

しばらく待つと、堂上から返信があった。

お疲れ。よく休め。　篤《あつし》

どきんと胸が跳ねた。

堂上が名前で署名してきたのは初めてだった。いつも名字かフルネームで、それが名前だけになると急に距離が縮まった気がした。

いや、やること全部やっといて距離とか今さらなんだけど！

取り敢えず和解の兆しは発信できたらしいので、郁は今度こそ安心して眠りに落ちた。

＊

柴崎が出勤すると、業務部の朝礼で謎のＦＡＸのことが発表された。

しかも郁に聞いたものではなく、新たに増えたものである。

良化特務機関の詳細な検閲予告だ。全部で三回、しかもやはり狙いは木島ジンの書籍であるという。どうやら抗争中に再度届いたらしい。

「ＦＡＸナンバーから武蔵野市内のコンビニのＦＡＸサービスであることが分かった」

業務部長の報告で、送り主を割るのは無理だなと柴崎はそこからたどるラインを切った。

コンビニのＦＡＸサービスは、身分証を提示して使うほどセキュリティの高いサービスではなく、店員に声をかけたら誰でも使えるという程度のものである。仮に身分証を提示させる店があるとしても、個人情報保護の観点から図書隊に情報を開示することはないだろう。

図書隊の捜査権はあくまで図書館関係に限られており、図書隊に利する情報提供があったという程度では事件として到底認められない。

「この情報提供が全面的に信頼できるわけではもちろんないが、一応対応できるように防衛方でもシフトを組むそうだ。業務部では昨夜書庫に収蔵された木島ジンの書籍を閲覧開架に戻し、通常どおり業務を行う。建物の破損状況から利用者の動揺が予想されるので、落ち着いた対応をするように」

朝礼が終わってから暇を見て、柴崎は手塚慧の携帯に連絡を入れてみた。

結果は予想どおり。慧は苦笑で答えた。

「ご期待に添えなくて残念だけど、特務機関のような下位組織の動向まで一々把握してないよ。君が探りを入れてほしいなら動かないでもないけど、片手間になることは勘弁してもらわないといけないな」

「いいえ、結構です。こっちもそれほど重要視してる案件じゃないので」

「弟はその昨夜の抗争で出動したのかな」

「ええ。狙撃手としてはもうかなりの信頼を得ていますし。負傷もなく帰還したそうです」

「三正になったことも連絡してこないんだよなぁ」

「雪解けへの道のりは遠いですね。彼も意固地ですし」

「君から雪解けを誘えないかな」

「あいにくそういう関係じゃありませんからご自分で頑張ってください。それによそのご家庭の事情には手を出さないのが主義なんです」

愛想よくそう返すと、慧は「つれないな」と笑いながら電話を切った。

結局、ＦＡＸ予告が来た検閲は三回とも予告のとおりに実施された。

全面的にタレコミを信用するわけではないとしながらも、一応は情報に備えていた図書隊側は、各図書館で的確な防衛戦を展開し、木島ジンの本に限らず一冊も蔵書を渡さないまま検閲を凌《しの》いだ。

四回の襲撃で成果が上がらなかったとなると、特務機関も狙いからは一度手を引く。情報が漏れていることは特務機関側も察しているだろうし、本来の任務もある。

四回の検閲抗争を凌いだ後は潮が引いたように特務機関の襲撃は収まった。図書館側が完全に警戒態勢に入っているところに攻勢をかけても徒労だと判断したのだろう。

「結局よく分かんない事件だったねー」

郁がコタツでみかんを剥いていると、柴崎がやや渋い表情で答えた。

「推測ならいくつか考えられるけどね」

柴崎もはっきりした結論が出ないことがあまり気持ちよくないのだろう。

「推測って？」

「その一。教育委員会かＰＴＡ団体の中に木島ジンがいる。その二。教育委員会かＰＴＡ団体の中に木島ジンの関係者がいる。その三。教育委員会かＰＴＡ団体の中に木島ジンの賛同者がいる。この三つには絞れるけど、それ以上は絞れないわ」

「えーっ、そうなの⁉」

「送られてきた情報は結果的にはすべて正確だったわ。だとすれば、情報提供者は検閲情報を知っていたと考えるのが妥当よ。そして検閲を依頼した団体の関係者なら、特務機関の検閲のスケジュールを知ることができる。そしてＦＡＸは二回とも武蔵野市内のコンビニ発信だったから、木島ジンの貸出し制限をウチに申し入れてきた団体の関係者が情報提供者である可能性が高い」

折口《おりくち》さん辺りに訊いてみたらもうちょっと絞り込めるかもしれないけどね、と柴崎はみかんを剝いた。木島ジンはその活動意図上、プロフィールを伏せた覆面作家だが、折口なら内情を知っているだろう。

「でもそこまですることもないかなって」

「わー、柴崎にしては諦めいいー」

「そこまで興味惹かれないのよね。推測その一だった場合、木島ジンはデビュー作の後書きや各種のインタビューではああいうスタイリッシュなキャラを巧《うま》く演じて、いざ自分の本が学校関係や検閲の槍玉《やりだま》に挙がったら腰が引ける気弱な人間だったってだけの話」

「容赦ないなぁ、あんた」

「その二、その三だったら木島ジンに共感してるけど団体の中で流れに反する論陣を張れない、やっぱり気弱な人間」

言いつつ柴崎もみかんを剝き、房を口に入れた。

「どっちにしろ図書隊は巧く利用された。そのことに文句はないわ、すべての本を平等に守ることが図書隊の使命だからね。けど、この情報提供者を突き止めたとしても図書隊の利益には繋がらない。協力者として信頼するには腰が据わってないし、そもそも木島ジンの動向にしか興味がないんじゃ図書隊の協力者にはなれないわ」

だからこの話はここでおしまい。柴崎は潔い口調でそう切り上げた。

「この事件を経て木島ジンへの評価は？」

郁が尋ねると、柴崎は澄ました顔でまたみかんを食べた。

「別に変わらないわ。木島ジンのキャラが確定される何かがあったわけじゃないし、ああいう方法で戦ってるということは評価するわよ。この事件で彼の作風が変わらない限りはね。もし変わったら、どういう経路にしろ事件を知ったうえで日和《ひよ》った可能性が高いから少しがっかりするけど」

柴崎の野次馬根性には明確に興味を持つべきラインとそうでないラインがあるらしい。

大人だな、と思いながら郁が二つ目のみかんを剝いていると、

「そういえばあんた、堂上教官とは仲直りできたの？」

それはラインのこっち側か！　不意を打たれたこともあり、郁はコタツの天板に俯《うつぶ》せた。

「そ、それは……したような、あと一歩のような」

「あんたも意外と根に持つとしつこいわねー。手塚みたい」

へーえ。ここで比較対象に手塚が出てくるんだ、と意地悪く思ったが口には出さない。柴崎はそういうからかいを嫌う。

　もし、二人にそういう気持ちが育つ可能性があるとしても——郁としては実はかなりあるんじゃないかと思っているのだが——横から茶々を入れたら、柴崎が自分でその可能性を断《た》ってしまう。それは柴崎にも悪いし手塚にも悪い。

　意外とお似合いなのに自分たち気づいてないのかな、と郁などは内心思っているのだが二人は相変わらずである。

「で、どうなの。まだ拗ねとくの？　堂上教官、反応どうなの？」

　さっきまでのクールな表情と打って変わって興味津々で尋ねてくる柴崎に、郁は俯《うつむ》きがちになりながら答えた。

「取り敢えず、あたしからメールで誘って今度の公休で出かけることになった」

「お泊まり？」

「それはまだっ！」

　もう気持ちは堂上がどうこうではなく、自分が勝手に舞い上がっていたことが恥ずかしくていたたまれない。それが何とか片付かないと外泊なんてとても——

「しかしまあ、公休四回分デート抜きだっけ？　滑り出しは気まずいでしょうね〜」

「ああ言わないでぇっ！」

　郁は頭を抱えた。会う約束はしたものの、会話のシミュレートになると頭が真っ白になる。

「だーいじょうぶよぅ、そこは相手が大人なんだからさ」

　柴崎は脅かした舌の根も乾かないうちにケラケラ笑った。

「あんたはお出かけに誘って和解のサイン出したんだから、あとは堂上教官が気まずいところもリードしてくれるわよぅ」

一見励ましているかのようだが、面白がっていることは明白である。

頼むから、あたしのことも木島ジンみたいにクールにほっといてくれ。郁はいじけてみかんを次々口に放り込んだ。

その後、業務部では主に若い読者を対象にした「木島ジン」展示を行った。

デビュー作の後書きや各種インタビューをパネルに起こし、木島ジンの「良化法を一切違反しない差別的表現、反社会的表現」がいかなる意図の元に行われているのかを説明する内容である。

安易に表面だけ小説の真似することが作者の意に適《かな》うものかどうかよく考えてね。

柴崎が以前補導した中学生に示唆した台詞とほぼ同じ呼びかけで展示は締めくくられている。

そして、この展示は都下の図書館で同時多発的に開催し、都教委以下各教育委員会やPTA団体を招待して披露され、その様子は折口の協力で週刊『新世相《しんせそう》』の一記事にもなった。その効果か木島ジンの名前によるものか、近年の参考展示としてはかなりの反響を呼んだ。

その後、展示が評価されたのか、都教委代表で『新世相』の記事が功を奏したのか、都教委代表で申し入れ申し入れられていた良化委員会への「木島ジン作品の没収」要求は取り下げられた――というのは、手塚慧から柴崎へ入った「片手間」の情報だった。

＊

そして堂上班の公休——郁から堂上を誘った「お出かけ」の当日はやってきた。

いつもなら上機嫌でカワイイ服を選ぶところだが、拗ねあぐねた一ヶ月明けというのは微妙だ。郁はクローゼットの中身を引っ掻き回し、ボトムをジーンズにトップスを少し甘さの残る大人系のカットソーにしてバランスを整えた。

ベッドの上に服を並べて置いてみて、「よし！」と自分的にGOを出す。

悩むところは下着だ。もし首尾良く仲直りできたとして、万が一そういう雰囲気になったら——翌日が朝帰りになるが外泊届けは当日でも割り込ませることができる。

別にそういう流れを期待しているわけではないが、初めてのときのような醜態をさらすのはもうごめんだ。

それだけ！　理由としてはそれだけだから！　万一に備えて！

何だか色んなものに言い訳しながら、郁は柴崎が見立ててくれた下着を引き出しから出して身につけた。

わざと十五分遅れていくと、堂上はやはり先に来ていて券売機のコンコースに上がっていた。

「お待たせしました」

自分のほうが背が高いと上目遣いで窺うのが難しい。俯いてから窺うことになる。

「いや、大して待ってない。切符は買っといた、行くか」

え、行くってどこへ。郁が訊く前に堂上は切符を手渡して言った。

「今日の行き先は俺が決めた。いいか？」

「あ、はい……」

郁も考えてきた訳ではないので頷く。すると堂上は何気なく郁と手を繋いで改札へ向かった。

郁の側が肩身が狭くて微妙に弾まない会話のまま、堂上の目的地に着いた。

「え、ここ……」

立川《たちかわ》駅ビルのハーブカフェ。

堂上と初めて「カミツレのお茶」を飲みにきた店である。

店に入る前に堂上は郁を振り返り「あのときと同じコートだな」と言った。そんなことまで
——覚えていてくれたことが嬉《うれ》しいような悔しいような。

店内が昼前でまだ空《す》いていたのもあのときと同じだ。

店員が窓際の適当な席に案内してくれようとしたのを、堂上が制して言った。

「向こうの席でもいいですか」

堂上が希望したのは、やはりあのとき座った席である。

注文した料理はさすがに違ったが、食後のカモミールティーのケーキセットは同じだ。

「お前の食ってるの何だ？」

「あ、茄子《なす》とズッキーニのペンネです」

「ペンネっていうのは」

「あ、パスタの一種で……」

「食ったことない。一口寄越せ」

結局それぞれの注文を一口ずつ交換することになった。食事中は会話の間が保《も》つのでいい。

「……マカロニとは違うのか」

「全然違いますよー。あ、この白身魚の香草パン粉焼きっておいしい」

堂上がペンネとマカロニの違いを今ひとつ納得しないままに食事が終わり、ケーキセットがきた。ケーキの皿が空いて先に下げられ、お互いポットサービスのカモミールティーの二杯目を注いだころだ。

「……この前は言い方を間違えた。すまん」

うわ、来るとは思ってたけどもうやめてー！　郁は内心悲鳴を上げながらぶんぶん首を横に振った。

「それで、これなんだけどな」

堂上が椅子の背に掛けてあったコートのポケットから何やらチラシを出した。

「うわもう勘弁してくださいっ」

とうとうこらえきれずに声が出た。堂上が出したのはワンルームから1K程度のマンション物件が載っている不動産のチラシだったのである。

「もうあれはいいんです！　あたしが勝手に舞い上がってただけで全部堂上教官の言うとおりだし、もう思い出すのが恥ずかしいのでなかったことにしてください！」

「勝手に自分で話を畳むな、いいからこれ見ろ」

堂上は不動産のチラシをテーブルに広げた。赤いマーカーで印がつけてあるのが堂上が目星をつけた物件だろう。

「どうせ部屋借りるっていったらそれなりに小綺麗なところじゃないとお互い嫌だろ。だから妥当な物件がこれと仮定する」

家賃が七万円台、敷金礼金は各一ヶ月分だ。基地からもそこそこ近い。

「で、この物件はエアコンがついてるからエアコンは買わなくていいとして、他に揃えるものがこんなところだろ」

堂上が指差したところに、見慣れた少し悪筆の字が筆算の要領で書き重なっていた。物品名と予想単価である。

「物品揃えて最初の一ヶ月分、計算してみろ」

「だから、合理的じゃないっていうのはこの前さんざん言われて納得しましたから」

「いいから計算！」

郁は渋々暗算を始めた。

敷・礼金と最初の一ヶ月の家賃で七万円×三で二十一万、揃える物品が……

「……頼むから指を使うな、指を」

堂上が溜息をついて答えを出した。

「ざっとしたところだけど三十万前後だ」

「……だからもう分かったって言ってるのに、トドメですか？」

郁が唇を噛むと、堂上は腕を組んで椅子の背にもたれた。

「この計算を元にして俺はお前よりもっと先走ったことを言うぞ。――そんな金があったら、ちょっとした婚約指環くらい買えると思わないか」

前を警戒していたら後ろから突き飛ばされた。それくらいの衝撃だった。

堂上に「返事は」とぶっきらぼうに促されるまで、呆然《ぼうぜん》として固まったままだった。

「お――思います」

堂上は半ばふて腐れたように頬杖《ほおづえ》をついて郁から顔を背けている。

「俺から受け取る意志はあるのか」

「え、でも婚約指環になったら男性側の一方的な出費になりませんか」

「世間の常識だろうがそれは！」

突っ込まれて郁は首をすくめた。

「でもあの、部屋借りるのは折半だからと思って提案したんですけど」

「お前は俺がいくつ年上でいくつ階級が違ってどれだけ勤続年数が違うと思ってるんだ⁉」

「だけどそんな急に大きな買い物、……」

　堂上が大きく溜息をついてじろりと郁を睨《にら》んだ。

「じゃあ、これは俺からの『提案』だ。俺から婚約指環を受け取って俺と結婚する意志はあるのか」

「あ、あります！」

　返事はほとんど反射である。断る理由など見つからない。

「それなら行くぞ」

　堂上がコートを羽織りながら立ち上がった。

「え、どこに」

「指環の下見だ。この辺ならちゃんとした店くらいあるだろ。お前、付き合ってる段階で指環は特に要らないって言ってたけど、結婚指環はそういうわけにもいかないだろうし、ついでにそれも見る」

　郁が呆気に取られている間に堂上は会計を済ませてしまい、郁の手を取って店を出た。

「あのっ、親に挨拶《あいさつ》とかはっ」

「うちのほうは都内だから何とでもなる。お前の実家に早めに話を通しておけ。日取りの都合がつき次第挨拶に行く。親父さん経由で話したほうが刺激が少ないかもしれん」

　郁の母親の難しさも丸ごと飲み込んだ返事だった。

「顔合わせとか結納とか、うちのお母さん色々――色々うるさくてめんどくさいと思うんですけどっ」

「顔合わせはそっちに日取り合わせて上京してもらうとしたもんだろう。店はうちで用意する。結納はそっちの希望にできるだけ合わせる。ただ、俺たちの仕事が仕事なだけに、挨拶以外はそっちのご両親に出てきてもらわなきゃならないことが多いだろうな。とにかく親父さんにはお母さんの説得や段取り役でご迷惑をかけると思うから、よろしくお伝えしてくれ」

「……堂上教官、いつの間にうちの父とそんなに親しいんですか」

不意に堂上の足が止まった。

人混みの邪魔にならないようにか駅のコンコースの端へと引っ張り込まれ、胸元を軽く指で突かれる。

「それ。いい加減もうやめろ」

郁が要領を得ずに首を傾げると、堂上は不機嫌な顔で言い足した。

「俺はいつまでお前の教官だ？　郁」

あ、と気づいて口元を手で押さえる。

「仕事中は大目に見る、柴崎も相変わらず教官呼びだしな。けどプライベートではもうごめんだな」

堂上は今呼べと要求している。

かなりの時間を躊躇《ちゅうちょ》してから、ようやく郁が「さん」付けで堂上の名字ではなく名前を呼ぶと、堂上は満足げに郁の頭を軽く叩いた。

fin.

単行本版あとがき

すみませんというか何というか、アニメにして頂くことになりました。

しかもプロダクションI・Gさん。とかえらそうに通ぶってますが、わたくしアニメにとんと疎いもので、編集部から友人からよってたかって「プロダクションI・Gって言ったらなあ！」と膝詰《ひざづ》めで教えを叩《たた》っ込まれました。い、今ではどれほど畏《おそ》れ多い幸運か理解しています……。

すみません家では旦那《だんな》が帰ってくるまでテレビも点《つ》けない引きこもラーなので。

そして再びすみませんというか何というか、このアニメ化に合わせて『図書館戦争』シリーズのスピンアウト本を出していただけることになりました。

ぶっちゃけましていろんな大人の事情によります。すみません。

取《と》り敢《あ》えず、『別冊図書館戦争』の『別冊』は、『別冊花とゆめ』とか『別冊マーガレット』とかそんな感じの『別冊』ですので察してください。

そして苦手な人は逃げてー！　ということで一つ。

ベタ甘は仕様です。駄目な方は本当に回避してください。

主人公カップルがエピローグでいきなりあんなことになって終わったので、この本では二人がそこに至るまでを追いながら図書館の比較的小さな日常事件を絡めてみました。

いや、一度幕を引いた以上は良化法関係で本編以上の騒ぎを起こすのは反則だということで、スピンアウトは登場人物を中心に……一冊目は取り敢えず主人公二人でしたが、二冊目はほかの登場人物もちょっと予定しています。

あくまで登場人物中心なので、本編までは付き合ってやったがこれ以上のラブコメ仕様は我慢ならじ！　というお客さまには丸ごと無視していただければ大丈夫という安心設計！

とまあそんな企画的あらましですみません。ていうか出てしまうこと自体がすみません。本当に何かもう色々とすみません。……避難勧告これくらいしとけば許されますでしょうか。

ですが、三つもメディアミックスしていただいて、しかもそのすべてが私のイメージにバッチ来いで嵌《はま》っているという大変な幸運をいただきました。

コミカライズの弓きいろさん、ふる鳥弥生さん。

アニメ化のプロダクションI・GさんとアスミックエースさんA。

そして小説のカバーを素晴らしいイラストで飾ってくださり、すべてのメディアミックスの元となるイメージを作ってくださった徒花スクモさんと装丁の鎌部さん。

何より『図書館戦争』シリーズを応援してくださった読者の皆さん。

ありがとうございます。

ホントにホントにこれが最後の別冊シリーズです（の筈《はず》だよな⁉　信じたぞ編集部！）。

読まなくても全く本編には問題ありませんので、どうぞご勘弁くださいませ。

有　川　浩

文庫版あとがき

繰り返します。

これを読まなくても本編にはまったく支障ありません。

アホらしいくらいベタ甘です。

だから無理だと思った方は遠慮なく回避してください。

大事なことなので二回言いました。

警告はしましたので以降は責任を持ちかねます。


ただし、単行本版の腰の退けたあとがきで、いっこだけ読者さんに心配されてしまったので、これだけはちゃんと書いておかないといけません。

嫌々書いたなんてことはまったくありません。書くからには楽しんで大事に書きました。

ただ、この『別冊』はシリーズが完結してほとぼりが冷めたころにおまけ的にこっそり出版させてもらおうと目論《もくろ》んでいたのですが、アニメ化の煽《あお》りでシリーズ完結に畳みかける形で世に出ることになってしまいまして。

ただでさえ単価の高い単行本で四冊も本編を出しておいて、駄目押しの別冊二冊を返す刀で重ねるのは、ついてきてくださる読者さんに強いる負担が大きすぎるのでは、という引け目がありまして。そのためああいう腰の退けたあとがきになった次第です。

　作家は本が売れなくては収入になりません。出版社も売れない本は刷れません。刷る以上はやはり利益が出ないといけません。赤字の本を出したらそれは作家の実績にも残りますので、今後の出版条件が厳しくなる可能性も出てきます。

　もちろん感性の合わないものをお客様に押しつけることはできませんが（それが執拗なまでの別冊の「警告」に繋《つな》がっております）、やはり気に入ってくださる方のお買い上げを見込まなくては出版社は本を出せない。作家は書かせてもらえない。

　しかし『革命』から『別冊』二冊に至る出版ペースはお客様のお財布を開けていただくには速すぎるだろう——とアニメ化に絡めた畳みかけのスケジュールは非常に申し訳なく、しかしこの辺の事情をあけすけに説明するのも生々しいし、と単行本版のあとがきでは言及を避けていたのですが、逆に「アニメ化のせいで本当は書きたくなかったのに嫌々書いたんですか？」と読者さんの心を痛める結果になってしまいまして。本当に申し訳ないことをしました。

　なのであけすけに書く！　出版社で赤字が出ないように色んなものを見計らいながら全ての本を出しております！　大人の事情というのはイコールお金の事情です！

　部数や金勘定に関しては私のほうが出版社より慎重派なので「行け行けどんどん」で出そうとする出版社にブレーキをかけようと「別冊」の頃は熾烈《しれつ》な攻防を繰り広げました。

「初版〇万部!?　却下！　いくらアニメ化の宣伝効果が見込めるとはいっても今までの実績に比して多すぎるでしょう！」

「行けますって大丈夫ですって！」

「それでうかうか調子に乗って返本断裁になったらどうしてくれるんですか！　どうせあんたがた、次の本出すときに『別冊のときに有川さん大赤字出してますからね〜』って出版に制限かけるんでしょう！　騙《だま》されてたまるか！」

「そんなことしません、大丈夫です！」

「念書を書け！」

というようなやり取りを出版社と戦わせておりました。部数というのは増えたからって単純に「わーい儲《もう》かった」と喜んではいられないのです。要するに「それだけ売らねばならぬ」というノルマです。

ノルマが達成できなかったら会社員と同じように次から給料が減るんです。企画も通らなくなるんです。「これが書きたい」と提案しても「前に赤字を出してるから信用できません」と書かせてもらえなくなるんです。

……何でベタ甘作品の文庫あとがきで私はこんなしょっぱい話を主張してるんでしょうか。

ともあれ、書きたいものを楽しく書いたので大丈夫です。ご心配おかけしました。

そして、未《いま》だに私は書きたいものを書きたいように書かせていただいております。

これもお買い上げくださる読者さんのおかげです。ありがとうございます。

そして今回のショート・ストーリーはＤＶＤ第三巻に封入された『マイ・レイディ』です。

第三巻には例の地上波未放映エピソード『恋の障害』が収録されておりまして、私にとっては小牧《こまき》と毬江《まりえ》の巻だったので、特典小説もこの二人のお話になりました。

割りを食わせてしまったお詫《わ》びに特典小説でくらい良い思いをさせてやりたいと思ったお話ですが、結局この人たちは二人でイチャイチャしてたら幸せなんだな、という感じでした。

しかし今にして思うと『恋の障害』を「DVD特典エピソード」ではなくわざわざ「地上波未放映エピソード」と銘打って収録したところにアニメスタッフの男気を感じざるを得ない。いろいろ頑張ってくれてたんだなぁと思います。

それではシリーズも残り一冊となりましたが、番外編までお付き合いいただける方は『別冊図書館戦争II』でお目にかかれたらと思います。

ところでこの別冊シリーズのナンバー、実は「ファースト」「セカンド」と読んでいただく心積もりでいたということを今になって初めて打ち明けてみます。

有川　浩

マイ・レイディ

*

胸が不快にざわついた。

自分の中にこんな感情があるなどとは知らなかった。

館内の巡回中に見かけた毬江《まりえ》は図書館のロビーで立ち話をしており、その相手は毬江と同じ年頃の若い男だった。

その様子が立ち話だと分かるのは、ロビーを行き交う人々の中で自分だけだ。傍目《はため》には携帯電話を突き合わせて何かやっているようにしか見えない。

人混みにまぎれて通り過ぎようとした瞬間、その日組んでいた部下が彼を呼び止めた。

「毬江ちゃんですよ、小牧《こまき》教官」

屈託なく毬江のほうへ振ろうとしたその手を反射的に摑《つか》んで下ろさせた。意味が分からないかのように小牧を見た部下に言い聞かせる。

「業務中だから。行くよ」

「えー、でもいつも少しくらい挨拶《あいさつ》するじゃないですか」

友人の恋人でもあるこの部下はときどきちょっとあり得ないほど察しが悪い。

「向こうも用事の最中みたいだし邪魔しちゃ悪いからね。行こう」

強引に部下──笠原郁《かさはらいく》の手首を摑んで歩き出させる。

くそ。──あんな若造にこれほど気持ちが乱れるなんて。

いや違う。若造だからだ。

無意識に眇《すが》めになった瞬間、空気を読めない郁の屈託なさが炸裂《さくれつ》した。

「久しぶりだし少し話したかったなぁ」

それ、一番思ってるのは誰だと思ってるの笠原さん。

その後の巡回で、郁への態度が少し素っ気なくなったのは小牧の勝手な事情である。


高校を卒業して大学へ進学し、毬江の世界が広がることは分かっていた。

中途失聴というハンデを背負ってそれでも世界に向かっていこうとする毬江の意志は尊くて愛《いと》おしい。

世界を閉ざそうとしていた頃を知っているから余計にだ。

だが、毬江が世界を閉ざそうとしていた頃は中学生で、その頃はまったく斟酌《しんしゃく》しなくて済む条件があった。

彼女は子供だ。手を差し伸べるべき妹分だ。その義務感と疚《やま》しさのまったく入り込む余地がない親しみだけで幼い彼女に接することができた。

頼むから世界を閉ざさないでくれ。君はまだ中学生でこれからも生きていくんだから。

ここで膝《ひざ》を突いたら、閉じた世界に籠もることを選んだら、君は一人で立てなくなる。両親も永遠には生きていない。君が一人になったとき君はどうなる。そばに誰かがいるならいい。でもその誰かも世界を閉じてしまったらもう見つからなくなるんだ。

世界はいろんな不運や罠《わな》に満ちていて無作為に誰かを引っかける。引っかかってから誰もが知るのだ、世界が不平等であることを。

それでも自分を哀れむことに耽溺《たんでき》しないで、それは楽かも知れないが決して君を救わない。なりふりかまわずドアをこじ開けた。世界に毬江を引きずり出した。閉じた安全な部屋の中ではなく、ここで生きていけと。

応《こた》えた毬江の意志は尊い。それは今でも変わることなく。

——今さらだ。

毬江の世界が広がるとはこういうことだと分かっていたのに、こんないじましい感情を抱くなんて。

いや、それは自分の中にあると無意識で気づいていて見ない振りをしていたのかもしれない。

毬江は今、控えめに言ってもとても魅力的な成人女性だ。そして、広がった毬江の世界の中には当然同年代の男も少なからずいるはずだ。毬江が通っているのは女子大ではない。

障害を乗り越えても毬江に惹《ひ》かれる「若造」がいてもまったくおかしくはないのだ。

小牧は寝転がった自室のベッドで、目の前に左手を挙げた。

毬江のほうにも同じ指に同じデザインのものが嵌《はま》っているはずの指環《ゆびわ》だ。大学に入るとき、毬江が欲しいと言った。

男の人に声かけられたこととかあって。

補聴器見せたら大体遠慮してくれるんだけど。

左の薬指に指環してたらそういうのなくなるかなーって。

毬江の好みは総じて細工が華奢《きやしや》なものだ。その彼女が選んだ揃いの指環は、ピンクゴールドとホワイトシルバーを地金に使った幅広の目立つデザインだった。

毬江は何も言わなかったが男避《よ》けを意識していることは明白で、それを小牧に言わない辺りに無言の信頼を感じた。

これを選ぶ意味が小牧には分かるはずだと。

でもごめん。

やっぱり君が似合いの年の男と並んでるところを見ると心が騒ぐ。

揃いの指環なんかしていてもやっぱり俺は君より十も年上で、仕事柄会える機会も少なくて、——いつ君からこの指環を返されてもおかしくないって現実に気づくんだ。

と、部屋のドアがノックされた。

「鍵《かぎ》かかってないからどうぞー」

立ってドアを開けに行くのもだるかったので、ベッドに寝転がったまま返事だけ投げ返す。

遠慮なく開いたドアから顔を覗《のぞ》かせたのは堂上《どうじょう》である。

「入るぞ」

言いつつ上がり込んだ堂上は、片手にビールの半ダースケースを提げていた。

「珍しいな」

一緒に酒を飲むこと自体は珍しくない。だが、誰かと飲むという雰囲気が好きなのは小牧のほうで、堂上がこうして飲み目的で他人の部屋を訪ねてくるのは珍しい。

「いや、笠原がちょっと心配してたからな」

「へえ、何を？　笠原さんに心配されるようなヘマやったかな、俺」

答えながら起き上がると、堂上は何気ない口調で咎《とが》めた。

「お前が笠原に皮肉を言うのは気に食わんな」

「——ごめん。聞くよ」

確かに郁に対して不公正な皮肉だった。軽口ではなく皮肉だと気づくこの友人も大したものだが。

「今日の巡回中、余裕がないように見えたそうだ。毬江ちゃんにも声をかけなかったってな」

「……お前、ホントに根がいい子と付き合ってるな」

「お前に言われる筋合いはないだろう。そっちこそだ」

「ああ、もちろんそれはそうなんだけど」

ロビーで毬江を見かけてから、屈託のない郁に苛立《いらだ》って素っ気なくなったのは明らかに小牧の勝手な虫の居所なのに――当たられたとは思わずに余裕がなかったと案じてくれるのだ。

「みっともないから笠原さんには内緒にしといてくれると嬉《うれ》しいんだけど」

小牧は堂上に渡された缶を開けた。

「多分、大学の同級生だと思うんだけどね。同じくらいの年の男と一緒だったんだ」

「……お前に疚しいところのある相手なら武蔵野第一は避けるだろう」

「分かってるよ。分かってるけど、笠原さんの言うとおりだ。余裕なくなった」

相手の男は毬江と携帯を突き合わせてコミュニケーションを取っていた。それはつまり毬江の障害を知っている男友達ということで、

「もうそういう友達ができるほど彼女の世界は広がったんだなぁって」

堂上は黙って聞いている。小牧は左の薬指を振った。

「これ、返される可能性もこの先皆無じゃないんだって現実を今さら突きつけられたような気がした。要するに、」

笠原さんに当たった。

そう言うと、堂上は黙ってビールを呷《あお》った。

「ごめん」

「たまにはそういう人間らしいところを見せたほうが周りも安心する。笠原もな。お前は色々と器用に立ち回りすぎるんだ」

自分の恋人に当たられたことを知ってそう言える堂上は小牧よりも器が大きい。

日頃は小牧が一方的にからかっているように見えるが、――堂上が班長に任命された所以《ゆえん》は多分その辺にある。

「いつも笠原のほうがお前に面倒かけてるんだから、たまにはそんなことがあってもいいだろ。あいつが空気読めないのは事実だし。どうせ男の複雑な心境なんざ説明しても分かりゃしない。たまに突っ放すくらいでちょうどいいんだ」

それくらいで折れるような奴でもないからな。最後に付け加えたのが堂上としては無意識の、そして最大級の「笠原士長《しちょう》」に対する評価だろう。

「えらいよな、堂上は」

「何だ、急に」

「俺なら彼女に当たったなんて言われたら絶対不機嫌になる」

「アホか、お前は」

堂上が顔をしかめた。

「笠原と毬江ちゃんじゃ前提がそもそも違うだろ。何で俺が毬江ちゃんに当たるような事態が発生し得るんだ、そもそも接点自体がろくにないのに。それに」

お前なら仕事上で多少当たるにしたって節度をわきまえてるに決まってるだろ。

当たり前のように言ってのけられ、小牧は苦笑した。――敵《かな》わないなぁ、こいつのこういうとこ。

「名前のとおりだよな、お前」

「は？」

「情に篤《あつ》い」

バーカ、と堂上が軽い声でいなす。

「まあ、たまには弱くなってるお前も面白いから見せとけ」

「ま、存分に見てってよ」

小牧も笑って答えた。


数日後、館内にいくつかある自習室の前を通りがかるとドアのガラス越しに毬江がいるのが見えた。長机の一つを使っている。

そしてやはり一人ではなかった。毬江の向かい、小牧に背を向ける位置で座っている若い男。背格好で先日の奴だと見当がついた。

と、小牧が見ていることに気づいたかのようにふと毬江が目を上げた。目が合う直前で小牧から逸《そ》らした。気づいていなかった風を装って立ち去る。

疚しい相手だったら第一は避ける。堂上の言ったことが道理だ。

しかし感情がついていかない。

職員用の階段に逃げようとしたとき、静かにドアが開いて遠慮がちな声で呼ばれた。

「小牧さん」

捕まった。仕方なく足を止めて振り返る。

「ああ、毬江ちゃん。来てたんだ」

まるで今気がついたような嘘をついて、毬江が追い着くのを待つ。

「さっき目が合ったと思ったんだけど……」

毬江は首を傾げたが、小牧は笑ってかわした。

「ごめん、移動中だし部屋の中までしっかり見てたわけじゃないから」

「今日、大学の友達と来てるんです」

知ってる、見えた。この前の彼と同じだね。

「紹介するから少しだけ時間もらえますか？」

さすがにここで振り切るのは不自然だ。

「うん、いいよ」

「じゃあここで待ってて。呼んでくる」

共同利用の室内で喋《しゃべ》るのは毬江的にNGなのだろう。

自習室へ戻った毬江が再び出てくると、連れは一人ではなかった。

二人。一人は先日の若い男だが、もう一人はやはり毬江と同じ年頃の活発そうな女の子だ。

「あ、初めましてぇー！　小牧さんですか？」

女の子のほうが声を上げ、毬江がシィッと小声にさせる。

「……はい、小牧ですが」

営業用の笑顔で答えると女の子ははしゃいだような声を上げた。毬江に注意されていたので控えめにだが。

「中澤《なかざわ》ちゃんにいつも聞いてたんですよ、年上の彼氏の話」

毬江が困ったように笑った。

「会わせろって彼女うるさくて。もし図書館で会えたらねって言ってあったんですけど」

「友達？」

小牧が訊《き》くと、毬江はこくりと頷《うなず》いた。

「二人とも大学で私のノートテイクやってくれてるんです」

「かっこいいねー、小牧さん。中澤ちゃんが自慢するだけあるわ」

「おい、あんまりはしゃぐなよ」

友達の彼と彼女の間合いを見て、微妙に探りを入れてみる。

「もしかして二人も付き合ってるの？」

はい！　と躊躇《ちゅうちょ》なく答えたのは彼女側である。彼氏側は照れがあるのか微妙に歯切れが悪い。

毬江が横から補足を入れた。

「すごく仲いいんですよ。二人でノートテイクしてくれるのはいいんだけど当てられちゃう」

……くんは、と毬江が話しかけた名前は聞き取れなかった。

「ホントはあんまり小牧さんに会いたくなかったんだよね。ヨーコちゃんがあんまり小牧さんのことではしゃぐから」

「言うなよ、そういうこと中澤ちゃんはさぁ」

同性の前でそんなことをぺろっとばらされて気まずいのだろう、何とか君は顔をしかめた。

「え、ごめん何て？」

訊き返した毬江にいつもの癖で小牧は横から答えた。

「そういうこと言わないでくれって、彼が」

「えー、何で？」

彼氏のヤキモチってかわいいじゃない？　などと毬江は何とか君に素で言い放ち、何とか君は余計顔をしかめてしまった。気持ちは分かる。

……もしかしたら毬江も同年代の友達の中に入るとときどき空気が読めない女の子なのかもしれない、と急におかしくなった。

そしてこんなオチで部下に当たってしまうほど意外と大人げなかった自分も。

「いい友達ができてよかったね」

「はい！　二人にはすごくよくしてもらってて」

「何か、俺と一緒じゃ見られないとこ見られて新鮮だった」

「え、それってどういう意味ですか」

笑ってごまかしていると、彼女のほうが感心したように呟《つぶや》いた。

「……すごいねー、中澤ちゃん」

「え、」

また訊き返そうとした毬江に、彼女は同じ台詞《せりふ》を繰り返した。そして続ける。

「小牧さんだと一発で聞き取れるんだね」

毬江の頬が一瞬で真っ赤になった。彼女は小牧に向かって笑った。

「あたしたち、これでも中澤ちゃんとのやり取りに大分慣れてきたんだけど……小牧さんには全然敵わないみたいです」

「俺は毬江ちゃんが発症した頃からの積み重ねがあるから。毬江ちゃんも俺や家族の聞き取りには慣れがあると思うよ。大学では君たちが頼りだと思うし、仲良くしてあげて」

「わー、オトナ！」

憧《あこが》れの眼差《まなざ》しで小牧を見上げた彼女が何とか君を肘《ひじ》で小突いた。

「ちょっと見習ってよ」

「うるさいよお前も中澤ちゃんも」

何とか君はすっかりふてってしまったが、――大丈夫だよ。この年になったって俺もまだまだ子供だから。

「毬江ちゃん、ちょっと借りていいかな。少し用があって」

「あ、いいですよ。あたしたち先に戻ってますから」

毬江の友達二人は自習室のほうへ戻り、その場には不思議そうな表情の毬江が残された。

「小牧さん、用って」

「うん。ちょっとだけ」

小牧は毬江の手を引いて、さっき逃げ込もうとしていた職員用の階段に向かった。

毬江を通路からの死角になる壁際に閉じ込めて強引に唇を重ねた。

驚いたように固まった毬江はぎこちなく応《こた》えたが、詰めた息の合間で呟く。

「誰か来たら……」

「相手より先に俺が気づくよ」

そしてまた唇を塞《ふさ》ぐ。

「どうして今日、こんな、」

戸惑った様子の毬江に吐き出した。

「この前、さっきの彼とロビーにいたよね。見かけて声かけられなかった。似合ってたから」

「え、でもあの二人付き合ってて……絶対三人で来るから、そのときはヨーコちゃんがトイレかどこかに行ってただけで」

「そんなこと俺は知らない」

また唇を塞いで舌を絡め取る。懸命に声をこらえる毬江を追い立てるように深いキスをする。

「嫉妬《しっと》したって言ったら幻滅する？」

唇の上で囁《ささや》くと、毬江が目を瞠《みは》った。

そしてその眼差しが潤み、首が小さく横に振られた。

嬉《うれ》しい、と無声音の囁きが返される。

「私、追い着いた？」

「とっくに。もう余裕なんか全然ない。必死だよ。君が同じ年頃で気の合う誰かと出会ったらとか恐くて考えられない」

手探りで毬江の左手を取り、薬指に嵌った指環をくるりと回す。

「いつ返されてもおかしくない、とかも恐くて考えられない」

毬江の肩に頭を落とすと、毬江は小牧の首に両腕を絡めた。

「絶対、返してなんかあげない。私、小牧さんに三回も失恋したんだから」

「四回目は俺からは絶対させない」

そしてようやく小牧は毬江を手放した。

毬江が困ったように小首を傾げる。

「でも勉強手につかなくなっちゃうから、今度から自習で来てるときはやめてね？」

「自習じゃないときはＯＫ？」

「知らない！　小牧さんの勤務中の良心に従ってください！」

そう言って毬江は階段を駆け上がっていった。

刺された釘《くぎ》は胸の中で甘い。その甘さを味わいながら小牧は階段を下りた。

定期的に釘を刺されたくなりそうだな、などという不埒《ふらち》な考えが頭をよぎった。

fin.

図書隊について

■図書隊の職域について

職 域	図書館員	防衛員	後方支援員
部 署	図書館業務部	防衛部	後方支援部
主な業務	・通常図書館業務	・図書館防衛業務	・蔵書の装備 ・戦闘装備の調達整備 ・物流一般

※図書隊総務部は図書館員と防衛員から登用するほか、行政からも人員が派遣される。
※総務部人事課は図書基地にのみ置かれ、管区内の全人事を統括する。
※後方支援は一般商社にアウトソーシングするため、正隊員は管理職以外配属されない。

■図書隊員の階級について

特等図書監	一等図書監	二等図書監	三等図書監

	一等図書正	二等図書正	三等図書正

図書士長	一等図書士	二等図書士	三等図書士

※他、臨時図書士、臨時図書正、臨時図書監の階級があるが、これは後方支援部のアウトソーシング人員に対応したもの。臨時隊員の権限は後方支援部内に限定されている。

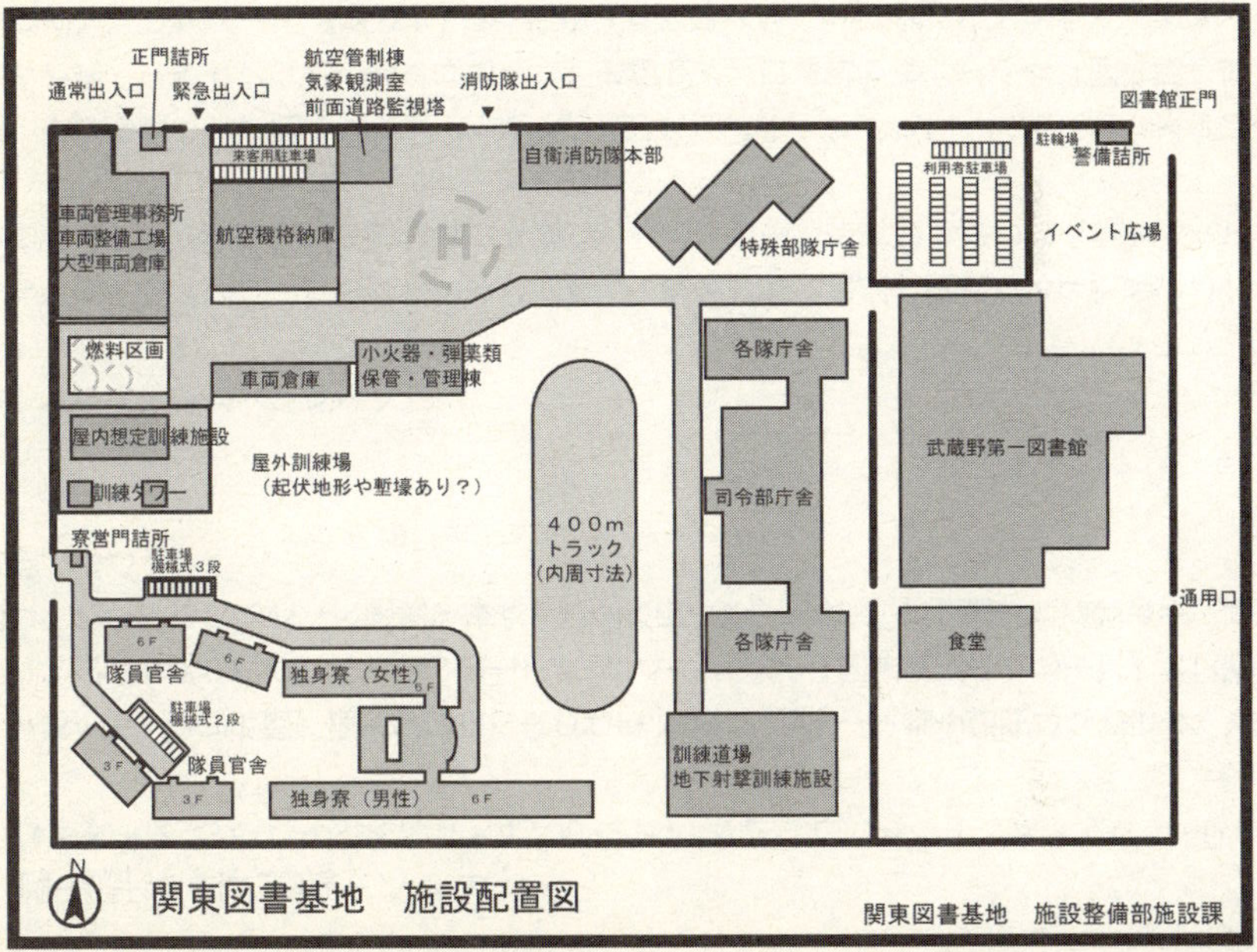
正門詰所
通常出入口
緊急出入口
航空管制棟
気象観測室
前面道路監視塔
消防隊出入口
図書館正門
来客用駐車場
自衛消防隊本部
駐輪場
警備詰所
利用者駐車場
車両管理事務所
車両整備工場
大型車両倉庫
航空機格納庫
特殊部隊庁舎
イベント広場
燃料区画
車両倉庫
小火器・弾薬類
保管・管理棟
各隊庁舎
屋内想定訓練施設
屋外訓練場
（起伏地形や塹壕あり？）
武蔵野第一図書館
訓練タワー
司令部庁舎
400m
トラック
（内周寸法）
寮営門詰所
駐車場
機械式３段
通用口
6F
各隊庁舎
食堂
隊員官舎
独身寮（女性）
駐車場
機械式２段
3F
隊員官舎
独身寮（男性）
訓練道場
地下射撃訓練施設
N
関東図書基地　施設配置図
関東図書基地　施設整備部施設課

イラスト　白猫

文庫化記念　有川浩インタビュー

シリアスだからこそ、ラブコメに。こんなときだからこそ、エンタメを。～その1

SFミリタリーな世界観、表現の自由にまつわるシリアスなテーマ群を採用しながらも、ベタ甘ラブコメ路線を突っ走る、本と恋の極上エンターテインメント「図書館戦争シリーズ」の文庫化を記念し、かつてないバランス感覚で書かれた全六冊シリーズが、「今」読まれる意義を、有川さんに伺いました。

本はウイルスではなくワクチン

――デビュー作『塩の街』から始まる「自衛隊三部作」は特撮怪獣路線のSF作品でしたが、四作目にあたる『図書館戦争』は匂いが違います。この小説を着想したきっかけを教えて下さい。

有川　私の小説って全部そうなんですけど、〝出会いもの〟なんです。三作の後、次に何を書こうかなあって考えていたときに旦那《だんな》が、図書館の入り口に掲げられていた「図書館の自由に関する宣言」のプレートを見つけてきて、「これ面白くない？」と。エンタテインメントの素材としてこれほど魅力的なものが、今まで手を付けられずに残っていたということが、まず信じられなかったですし、「これは早く書かなくちゃ」と思いました。

——その四ヵ条の後、最後に一文「図書館の自由が侵される時、我々は団結して、あくまで自由を守る」。日本図書館協会による、実在する宣言文です。

有川　そうですね。これを見て、物語がすぐに思いつきました。やっぱり、検閲と戦う、自由を守るっていうことは、ものすごい意志の表明ですよね。図書館という一見すると文系のおとなしそうな組織が、こんなに勇ましい宣言を持っていた。今まで私が持っていた図書館に対するイメージと、この宣言に対するギャップ、それをそのままタイトルにしたっていう感じです。だってこの人たち、事が起これば戦うよって宣言しているわけですから。その「戦う」っていう部分を極端化した物語が、「図書館戦争」なんです。

——「メディア良化法」が施行され、武力による検閲が合法化した近未来日本が「図書館戦争」の舞台です。図書館は「図書隊」という武力組織を有し、表現の自由を守ります。この世界の空気は、現代日本のきな臭い空気と明らかにつながっていますよね。たとえば第一巻『図書館戦争』の第三話は、いわゆる「有害図書」を取り上げる大人たちに対する、子供たちからの回答が物語化されています。ここでの議論は、二〇一〇年一二月に可決された、東京都青少年健全育成条例の改正案に対する議論そのものだと感じられます。

有川　都条例は、性的な描写のある漫画を規制するって話でしたけれども、本を取り上げるのはお父さんお母さんの役目であって、法律で取り上げる、行政で取り上げるというのは、やっぱり間違っています。そもそも、子供に性的な興味を持ってほしくないっていうのは、大人の都合ですよ。子供は無垢《むく》でいてほしいっていう、大人の願望です。性欲や、特殊な性癖がある事実は覆しようがない。そういった事実を全く遮断して無菌室で育てて、大人になってからいきなり「どうぞご勝手に」って放り出すのは、ものすごくおかしい。無菌室で育てた生き物はとても弱いんです。

——規制をする人たちは、本はウイルスだと思っているんですね。

有川　むしろワクチンですよ。たとえば、虐待をしたら、怒りに任せて人を殴ったら、結果としてどうなるか？「死んじゃうことだってあるんだよ？」。そういったことを、犠牲者を出さずに教えることができるのが表現作品ですよね。そうしたものに規制をかけていくっていうのは、ものすごく疑問です。それに、規制っていうのは一回始まってしまったら、それが後退するってことは絶対ないわけですし。都条例を批判する際、いろいろな方がこの小説を引き合いに出して「リアル図書館戦争だ」と言われているのを聞いて、胸が痛む思いもありましたけれども、今は作者である自分が引き受けないといけない部分だろうなと思っています。ここからが、長い戦いですからね。今回の都条例がその一里塚になってしまったかもしれない、「メディア良化法」の素地はもうできてしまっているかもしれない。この本が、考えるきっかけになれたら嬉《うれ》しいなと思います。

時間を重ねることで、好きになる